어제는 슬펐지만
오늘은 잔잔하게

어제는 슬펐지만
오늘은 잔잔하게
_괜찮은 삶을 살고 싶어 남긴 마음 치유 이야기

초판 1쇄 발행일 2022년 3월 23일

지은이 정지현
펴낸이 이원중

펴낸곳 지성사 출판등록일 1993년 12월 9일 등록번호 제10-916호
주소 (03458) 서울시 은평구 진흥로 68, 2층
전화 (02) 335-5494 팩스 (02) 335-5496
홈페이지 www.jisungsa.co.kr 이메일 jisungsa@hanmail.net

ISBN 978-89-7889-493-7 (03810)

또 다른 일상 이야기

어제는 슬펐지만 오늘은 잔잔하게

괜찮은 삶을 살고 싶어 남긴 마음 치유 이야기

정지현 지음

| 여는 글 |

"축하드립니다. 아기가 건강하게 잘 자라고 있네요."

2021년 7월, 40세의 나이에 새로운 생명이 찾아왔다. 돌아가신 친정엄마의 부재로 마음이 무척 힘들 무렵, 6개월간의 시험관시술 끝에 드디어 '벙글이'가 기적처럼 다가온 것이다.

임신한 기쁨도 뒤로한 채, 고된 입덧으로 집에서 하루 종일 누워 지내는 시간이 많아졌다. 그럴 때마다 엄마에 대한 그리움은 더욱 커져만 갔다. 한창 행복한 마음으로 보내야 할 시간에 눈물 바람으로 하루를 마무리한 적이 더 많았으니까.

눈물의 원인은 단순히 임신으로 인한 몸의 호르몬 변화 때문만은 아니었다. 시간이 지날수록 짙어지는 친정엄마에 대한 그리움이 감당하지 못할 정도로 커져만 갔다.

보고 싶은 마음을 가슴에 묻어둔 채, 나는 지난 시간 동안 아픈 엄마의 보호자에서 이제는 벙글이 엄마로 살아가게 될 것이다.

매해 변화무쌍한 내 삶을 가만히 들여다보면 참 심심한 인생은 아니라는 확신이 든다. 이따금씩 마음의 감기가 찾아올 때마다, 나는 몹시 괴로웠다. 그토록 바쁘고 고된 회사 생활이 그립기도 하고 경력 단절이 의도치 않게 빨리 찾아온 것 같아 쉽게 우울해졌다. 모든 것이 내가 선택한 것들이었지만, 나를 잃어버린 시간들이 계속 늘어나는 것 같아 불안했다.

'누군가를 위한 돌보미의 역할은 어디까지일까.'

참 어리석고 이기적인 생각에 나는 한때 사로잡힌 적이 있었다. 스스로 희생의 아이콘을 자청하며 마음의 버거움을 호소했던 것이다. 이런 생각에서 조금씩 벗어나기 시작한 시점은 임신 5개월이 막 지나갈 무렵이었다. 입덧도 가라앉고 컨디션이 서서히 회복되니, 무겁고 복잡한 마음의 안개가 걷히기 시작했다. 회사를 그만두고 간병 생활을 종료한 뒤, 나는 한동안 방황했다. 정신을 차리고 돌아보니 나의 현 위치는 어색해진 보통의 일상과 공허한 마음뿐이었다.

그 무렵, 반신반의한 마음으로 시작한 시험관시술로 임신을 하게 되었다. 초음파 검진을 할 때마다 다행히 무럭무럭 자라주고 있는 벙글이를 확인했다. 새로운 설렘과 함께 삶에 대한 생동감 넘치는 욕구가 나를 다시 일으켜주기 시작했다.

꽤 괜찮아진 심신으로 회복한 뒤, 나는 오랜만에 노트북을 켜고 앉았다. 아직도 기억이 생생한, 지나간 일들을 써 내려간 글을 다시 읽어보기 시작했다.

다시 만난 글에서 방황했던 내가 보인다. 글을 한창 읽다가 솔직한 마음의 소리가 적혀 있는 부분을 발견할 때면 쥐구멍이라도 숨고 싶었다. 마치 마음이 힘들다고 징징대는 어린아이 같다는 생각이 들어서일지도 모르겠다.

한편으로는 얼마나 마음이 힘들었으면 이런 생각을 갖고 지냈을까 싶어 안쓰럽기도 했다. 힘든 상황 속에서 마음을 치유하고 극복해나가는 장면을 읽을 때는, 흐뭇하기도 하고 나 자신이 대견하기도 했다.

문득 나는 왜 갑자기 글을 쓰게 되었는지 의문이 든다. 2020년 12월, 엄마를 하늘나라로 보내드리고 바로 2021년 1월부터 나는 매일 글을 썼다. 그동안 가슴속에만 맴돌았던 미묘한 감정들과 생각들이 머리에서 떠나지 않았기 때문이다. 차분히 정리하고 싶다는 생각뿐이었다.

또한 아픈 엄마와 함께한 시간들은 내 인생 최대의 시련기이자 특별한 순간들이어서 바람 속에 흩날려 버리고 싶지 않았다. 글자판을 두드리며 새벽 내내 눈물을 쏟기도 하고, 혼자 웃고 미소 지으며 치유의 글을 펼쳐 나갔다. 마음이 참 시원하고 행복했다.

사람은 마음이 힘들 때, 각자 다양한 방식으로 마음을 풀고 달랜다고 하던데. 참 신기한 것은 나는 말보다 글이 편하다는 사실을 새삼 발견한다. 글을 쓸수록 마음이 가벼워지고 심지어 뇌까지 깔끔하게 청소되는 느낌이었다. 그렇게 써 내려간 글들을 모아보니 어느새 나의 인생 단편의 이야기로 완성되어 있었다.

이 책은 삶과 죽음의 경계선 사이에서 늘 불안함을 간직한 채 살았던 보호자인 나의 솔직한 마음 치유 이야기이다. 아버지에 이어 암 판정을 받은 친정엄마의 옆을 지키며, 멍들어간 마음을 회복하기 위해 애써왔던 시간들의 기록이다.

어떻게 생각하면, 지극히 개인적인 경험으로 슬픔을 간직한 딸의 간병 이야기로 보일 수도 있겠다. 그러나 단순히 투병과 간병에 대한 환우와 가족의 이야기가 전부는 아니다. 갑자기 찾아온 인생 시련으로 삶이 멈춘 상황을 겪은 모든 사람에게 나의 솔직한 감정과 치유의 과정이 울림 있는 공감과 한 줌의 위로로 전해질 수 있으면 정말 좋겠다. 특히 몸이 힘든 모든 환우와 보호자 가족분들에게 진심 어린 용기와 응원을 보내고 싶다.

우리 인생에서 모든 것이 끝났다고 생각할 때, 붙잡고 싶어지는 순간들이 많아진다. 삶에 대한 소중함이 깊어지고 괜찮게 살고 싶다는 욕구가 커진다. 돌아가신 우리 부모님도 투병하시는 동안 당신들의 삶을 되돌아보고, 후회와 웃음이 뒤범벅된 농담을 던지며 무척이나 살고 싶어 하셨다.

나 역시 이런 부모님을 옆에서 지켜보며 언제 만날지 모르는 이별이 두려웠다. 그동안 당연하게만 여겨졌던 함께한 시간들이 떠나가지 않게 붙잡고 싶었다. 건강하고 정상적인 일상으로 돌아오기만을 바랐다.

혼돈 속에서 무너져 버린 나는 아픈 친정엄마 곁에서 엄마만큼 마음이 병들어가고 있음을 알게 되었다. 한순간에 재가 되어 없어질 것 같은 마음을 붙들기 위해 나름의 마음 치유를 찾아 고통의 시간을 견뎌왔다. 내가 흔들리지 않아야 이 모든 불행이 더 번지지 않을 것 같았기 때문이었다.

고통이 준 시련은, 되돌아보니 나에게 보석이 되어준 시간이었다. 인내하고 애써 온 시간 뒤에 나도 모르게 단단한 사람이 되어 있었다.

이제는 걱정스러운 순간이 찾아와도, 나는 예전처럼 순식간에 요동치는 감정에 휩쓸리지 않는다. 그 어떤 일도 받아들일 준비가 되어 있고, 잔잔한 마음을 유지하는 굳은 심지가 생겼다. 나에게 큰 짐만 주는 것 같아 한때 원망도 많이 했던 부모님께 오히려 애틋한 감사함을 느끼고 있다.

책이 세상에 나오는 날, 하늘나라에서 부모님이 가장 기뻐하시지 않을까 싶다. 매일 부모님을 향한 그리움과 후회로 지내는 딸이지만, 항상 겸손하고 감사하는 마음으로 밝게 살아가겠노라고 꼭 말씀드리고 싶다. 가끔씩 꿈에 엄마가 나와서 평소처럼 정겨운 잔소리라도 퍼부어 주셨으면 좋겠다.

나의 간병 생활 동안 함께 힘들어했을 남편에게 가장 고맙고 사랑한다고 전하고 싶다. 남편이 아니었다면, 나는 더욱 무너졌을지도 모른다. 그는 자신보다 나와 우리 가족을 더 아껴주고 사랑해주었던 빛나는 사람이었다. 늘 따뜻한 마음을 전해주시는 시어머니, 먼저 하늘나라로 가신 보고 싶은 시아버지 그리고 가족들. 우리 부모님의 빈자리를 채워준 외갓집 식구들 모두에게 아낌없는 사랑을 전하고 싶다.

유일한 혈육인 든든한 남동생이 있어 누나는 너무 의지가 된다고, 기죽지 않고 당당히 살아가는 즐거운 날만 가득할 것이라고 동생에게 말해주고 싶다. 그리고 내 배 속에 있는 사랑스러운 벙글이가 건강하게만 태어날 수 있기를 바란다. 어서 만나고 싶다.

내 마음의 문이 무겁게 닫혔을 때도 변함없이 나를 관심 있게 찾아주고 응원해준 소중한 친구들, 지인들에게 진심으로 고맙다고 이야기하고 싶다.

한참 부족한 초보 작가인 나의 글을 마음으로 먼저 읽어주시고, 세상에 나올 수 있도록 애써주신 출판사 대표님과 모든 관계자분께도 변함없는 감사함을 전하고 싶다.

마지막으로 지금도 병원에 있는 아픈 환자들을 위해 애써주시는 모든 의료진에게 무한한 감사의 인사를 드리고 싶다. 그들은 변함없이 최선을 다해주고 있고 위대한 존재다.

이 세상 모든 분이 덜 아프고 더 행복한 나날만 보낼 수 있기를 간절히 기도해본다.

단 한 번뿐인 귀중한 인생을 후회 없이 살아가고 아름답게 마무리할 수 있기를…….

| 차 례 |

2부 혼돈 • 어지러운 소용돌이

3부 치유 • 보이지 않는 마음의 빛을 찾아서

4부 평안 · 평범한 외출을 꿈꾸며

5부 비상 · 날아 오르는 나비처럼

1부

슬픔

캄캄한
터널 속으로

어느 날 갑자기 걸려 온 전화 한 통

2019년 5월 4일, 유난히 따뜻했던 봄날의 오전 10시 무렵. 동네 꽃집에 잠시 들러 나는 꽃을 보고 있었다. 그날은 시댁 부모님과 오랜만에 점심을 함께하기로 한 날이었다. 시어머님께 화사한 화분을 선물해드리고 싶어 여유 있게 꽃집에 들른 참이었다.

"이 화분으로 할게요."

꽃 주인이 화분을 예쁘게 포장해서 준비해줄 무렵, 전화벨이 울렸다. 친정엄마였다.

내가 결혼 후에도 워낙 허물없이 친구처럼 지내던 엄마였기에 평소처럼 전화를 받았다.

"엄마, 왜? 나 의정부 가기 전에 잠시 꽃집 왔어."

나는 전화기에 대고 재빠르게 대답했다.

"응……, 그럼 의정부에서 점심 먹고 잠깐 부천으로 올래?"

"왜, 무슨 일 있어?"

"아니……, 놀라지 말고 들어. 그냥 소화가 잘 안 되어서 동네병원에 갔는데 진단서를 끊어주더니 큰 병원으로 가보라고 하네……. 내가 요즘 얼굴빛도 노란 것 같고 조금 이상해서."

"……."

평소 밝고 높은 톤의 엄마 목소리는 지금까지 듣지 못했던 세상에서 가장 낮은 톤이었다. 목소리가 마치 넋 나간 듯이 들렸다.

"뭐라고? 바로 집으로 갈게."

전화를 끊자마자, 순간적으로 이상한 느낌이 밀려오더니 손이 떨려오기 시작했다. 꽃집 앞에 남편이 차를 대기하고 있었다. 나는 차 문을 열자마자 남편에게 다급하게 외쳤다.

"오빠, 우리 부천 집으로 가야 할 것 같아."

나는 불길한 예감에 눈물이 왈칵 쏟아졌다. 남편은 놀란 기색을 애써 감추며 바로 핸들을 돌려 부천으로 향했다. 목동 집에서 부천 친정집으로 가는 약 30분 동안 머릿속이 하얘졌다. 빨리 도착하고 싶은 마음으로 신호 위반이라도 해야 할 것 같은 충동이 밀려왔다. 무언가 좋지 않은 일들이 한꺼번에 몰려올 것 같은 느낌에 목이 타들어가는 듯했다. 심장이 너무 뛰어 밖으로 튀어나올 것만 같았다.

나는 그날 차분하고 낮은 톤의 엄마 목소리를 아직도 잊지 못한다. 당신이 가장 놀랐을 상황이었을 텐데. 딸이 더 놀라고 당황할까 봐 목소리를 애써 누르고 덤덤하게 이야기했을 엄마를 생각하니 눈가가 다시 뜨거워지는 것 같다.

친정집에 도착하자마자 현관문을 열고, 나는 온몸으로 엄마를 찾았다. 힘없이 거실 소파에 앉아 있던 엄마의 모습에서 나는 낯선 사람을 만난 듯했다. 엄마의 얼굴, 노란빛의 탁한 눈동자, 목까지……, 정확하게 표현하자면 단무지 색깔만큼 노랗게 변해 있었다. 그런 모습에 흠칫 놀랐지만 나는 애써 아무렇지 않게 이야기했다.

"엄마, 일단 병원에 전화해보고, 응급실로 가자. 우리가 같이 갈거야."

말과 동시에 집 근처 병원으로 재빠르게 전화했다. 토요일이라 전화 통화가 쉽지 않거나 통화가 되어도 응급실마저 병실이 없다는 답변만 받기 일쑤였다. 그러다가 갑자기 생각이 난 서대문의 한 종합병원에 바로 전화를 했더니 응급실로 오라고 했다. 그날로 서대문에서 새로운 생활을, 아니 완전히 새로운 인생을 살게 되었다.

왜 하필 그때 서대문의 한 병원을 찾아갔는지 나는 가끔 후회한다. 내 인생에서 그 병원을 다시 찾아갈 거라는 생각은 전혀 하지 못했기 때문이다. 서대문의 병원은 돌아가신 아버지와의 잿빛 기억이 고스란히 남겨진 곳이다. 굳이 애써 생각하고 싶지 않은 가슴 아픈 곳이었다.

아버지는 2003년 어느 날, 한 달 내내 장이 안 좋은 것 같다고 하시더니 직장암 3기라는 청천벽력 같은 진단을 받으셨다. 그렇게 그 병원에서 수술과 항암 치료를 병행하다 2년도 안 된 채 하늘나라로 가셨다. 그 후 서대문 지역, 종합병원이라는 존재는 내 잠재의식 속에 가둔 채 까마득하게 잊고 살았다. 그런데 10년이 더 지난 시점에 영원히 가두고 싶었던 그곳을 꺼내어 스스로 찾아갔다니 참 아이러니했다.

엄마도 무언가를 직감하셨는지, 갑자기 옷과 속옷을 여벌로 챙기기 시작하셨다. 그런 행동을 말리지도 못한 내가 괜한 소리를 한다.

"뭘 그렇게 많이 챙겨. 어떤 상태인지만 보고 오면 될 것을."

그러면서 나도 내 방에 들어가 결혼 전 남겨둔 양말과 여벌의 옷을 챙겼다. 모두 아무 말 하지 않고 차근히 짐을 챙겨 다시 차에 몸을 실었다. 부천에서 서대문까지 극심한 교통체증 속에 차 안에는 정적만이 감돌았다.

나는 차에서 내려 엄마를 업고 그냥 뛰어가고 싶은 마음만 굴뚝같았다. 다음 날이 어린이날이라서 그런지 그날따라 도로에 많은 차들이 속도를 내지 못하고 가다 서다 멈추는 시간이 길어졌다. 하늘은 유난히 맑고 파랬는데, 무심코 창문을 통해 올려다본 하늘은 곧 먹구름이 다가올 잿빛 하늘처럼 무겁게 느껴졌다.

서대문까지 가는 그 길은 지금까지 느껴보지 못했던 가장 초조하고 답답한, 온몸이 뒤틀리고 일그러지는 고통스러운 시간이었다. 갑자기 한꺼번에 닥친 모든 상황이 낯설게 느껴졌던 엄마의 마음은 얼마나 더 두려웠을까.

사람의 일은 한 치 앞도 모른다는 말은 옛 어른들만의 전유물 같은 말이 아니다. 이 말은 적어도 나에게는 옴짝달싹 부정할 수 없는 현실로 증명되었다. 격하게 공감할 수밖에 없는 현실의 문구로 재탄생되었다.

내가 가끔 '촉이 온다'라는 말을 할 때가 있는데 '직감이 온다'라고 표현하는 것이 더 적절할지 모르겠다. '촉'이라는 단어를 생각해 보니 영어단어 'choke'의 뜻까지 새삼 떠올랐다. 명사로 '숨이 막히는 질식' '캑캑거리는 소리', 동사로는 '숨이 막히다' '질식할 지경이다' '질식하다'라는 의미다. 차마 말로 다 표현하지 못한 내 감정을 가장 잘 대변해주는 단어가 아닐까 싶다. 내 판단대로라면, '촉'이 온 것이 아니라, '초크(choke)를 당했다'라고 표현하는 것이 맞을지도 모르겠다.

안 좋은 일에 대한 무의식적인 직감이 순간적으로 스치면서, 곧 감당하지 못할 정도로 나를 짓누르는 무시무시한 생각으로 재빠르게 번졌다. 이 모든 상황은 드라마 속의 이야기가 아니라 나와 가족의 실제 이야기였다. 우리는 어느덧 슬픈 주인공이 되어 있었다.

"엄마, 병원 다 왔어. 검사 빨리 끝날 거야. 얼른 내리자."

우리는 응급실로 들어갔고, 내 목에는 '보호자'라고 쓰인 파란색 출입증 목걸이가 걸렸다. 앞이 보이지 않을 정도의 뿌연 잿빛 하루는 '어느 날 갑자기'로 시작되어 알 수 없는 미궁의 터널로 순식간에 빨려 들어갔다. 그리고 예상치 못할 앞날의 예고를 준비하고 있었다. 갑자기 걸려 온 엄마의 전화 한 통으로 나와 우리 가족의 캄캄한 터널 인생이 시작되었다.

무서운
트라우마가 시작되다

TV나 인터넷으로 유명 인사나 연예인의 사망 관련 기사를 접할 때가 있다. 그런 경우 슬픔을 애도하는 수준으로 그치기란 참 어려웠다. 죽음이라는 소식을 들을 때마다 무서운 감정이 차올라와 너무나 괴로웠다. 특히 병으로 투병하다가 생을 마감한 분들의 소식에 거친 한숨을 몰아쉬고, 눈물이 도저히 멈추지 않는 불안 증세를 보이기도 했다. 나 홀로 슬픔에 흠뻑 빠진 채 하루를 보내는 일이 많아졌다. 이러한 트라우마 증상은 아마도 아버지가 돌아가신 이후부터 생긴 것 같다.

2003년 2월의 추운 이른 봄날, 오직 가족만을 위해 열심히 살아온 아버지에게 하늘은 무심히도 '암'이라는 병을 선고했다. 그때 아버지의 나이는 만 51세였다.

아버지가 암 진단을 받은 날, 아버지는 집에 돌아오자마자 갑자기 사진관에 가자고 억지를 부리셨다. 엄마와 남동생 그리고 나는 어안이 벙벙한 상태에서 사진관에 갔고, 가족사진 한 장을 급히 남겼다. 아버지가 당시 받은 충격은 상당해 보였다. 마치 삶을 재빨리 정리하는 사람처럼 마음이 급해 보였다. 당시 대학생이던 나는 암이라는 병에 대해 전혀 알지 못했고 그저 '무서운 병'이라고만 짐작했을 뿐이었다.

전라도 시골 출신인 아버지는 가난에서 벗어나고 싶어 서울에 홀로 상경했다. 온갖 궂은일을 해오며 열심히 살아오셨다. 아버지 덕분에 나와 남동생은 여유로운 유년 시절을 보낼 수 있었다. 온실에서 자라온 소녀 같은 엄마는 아버지를 적극적으로 내조하셨고, 우리 가족은 나름 따뜻하고 행복한 시절을 보냈다.

그런 시기에 갑작스러운 아버지의 암 판정 소식은 전혀 예상하지 못했다. 우리 모두는 순식간에 공황 상태에 빠졌다. 아버지 당신이 가장 힘드셨을 텐데 눈에 밟히는 자식들과, 특히 당신만 바라보고 살아온 엄마에 대한 걱정이 매우 크신 듯했다.

본격적인 치료를 위해 집에서 가까운 종합병원을 찾아간 곳이 바로 서대문의 S병원이었다. 아버지는 직장암 3기였고 수술 이후 항암으로 서서히 좋아질 수 있다고 했다. 아버지는 결국 큰 수술을 하고 이어서 항암 치료를 시작했다. 항암 치료를 받는 병원 생활에서 나는 하루 종일 구토하는 아버지의 모습을 접했다. 수술 이후에 체력이 급격하게 떨어졌고, 고통스러운 항암 치료의 연속이었다.

그러나 아버지는 그 누구보다 삶에 대한 의지와 열정이 강하셨다. 힘든 내색 한번 크게 보이지 않고 병원 생활에 적응해 나가셨다. 옆에서 간병하는 어머니도 아버지와 함께 병원 생활에 익숙해진 듯 보였지만, 많이 지쳐 보이는 모습을 볼 때마다 나는 너무나 안타까웠다.

그러던 어느 날, 병원에서 아버지는 며칠 동안 혼자 있을 수 있다고 하면서 엄마에게 집에 가서 쉬라고 말씀하셨다. 집으로 돌아가기 전, 엄마가 나한테 백화점을 들렀다 가자고 했다. 당시 나는 내색은 하지 않았지만 속으로 '우리 엄마 너무 철없다. 이 상황에 무슨 백화점이지?' 하며 불평했다. 그렇지만 엄마와 함께 모처럼 쇼핑도 하고 시장도 보고 집으로 돌아왔다.

순간적으로 엄마가 이해되지 않았지만 돌이켜보면 엄마와 함께 한 그 짧았던 쇼핑 시간이 왠지 모를 후련함과 마음의 쉼이 되어주었다. 아버지를 간병하는 엄마를 위해 내가 해줄 수 있는 것은 병원 밖의 시간만이라도 아무 생각 없이 일상을 함께 보내는 일이었다.

암 환우 가족이 되어 우리는 1년이라는 시간을 보냈다. 그러던 어느 날, 아버지의 몸에 이상 증후가 발견되었고 끝내 간으로 전이가 되었다. 아버지는 참담한 결과를 받아들이지 못하셨고, 급기야 항암 치료를 거부하셨다. 아버지는 공기 좋은 곳에서 생활하면 서서히 회복될 수 있다고 굳게 믿었다.

결국, 경기도 판교 근처에 급히 집을 짓고 새로운 전원생활을 시작했다. 병원은 3개월에 한 번씩 정기 방문하여 피검사와 약 처방만 받기로 했다.

병원에 입원하지 않는 자체만으로도 아버지는 당신의 전이 상태를 잊으신 듯 표정만은 상당히 밝아 보였다. 그런 환한 표정을 보니 내 마음이 한결 놓였다. 학교 수업이 끝난 뒤 나는 가끔 새집으로 가서 아버지와 함께 시간을 보냈다. 아버지는 분명 다시 일어날 것이라는 마음의 희망을 늘 간직하고 있었다.

그렇게 봄과 여름의 시간이 흘러갔다. 싱그러운 계절의 모습과는 반대로 아버지의 모습은 하루가 다르게 변해 갔다. 간 전이로 급기야 배에 복수가 차기 시작했고, 황달로 눈과 얼굴, 몸까지 노란빛이 역력했다. 배가 심하게 부어올랐고 진통이 시작되어 밤에는 눕지 못한 채 소파에 힘겹게 앉아 지독한 통증과 싸우셨다. 병원에서 처방받은 마약성 진통 주사를 아버지의 엉덩이에 내가 처음으로 놓았을 때, 너무도 야윈 아버지의 모습을 보며 얼마나 가슴이 미어졌는지 모른다.

"아빠, 주사 많이 아팠지? 오늘 새벽엔 하나도 안 아플 거야."

아버지는 새벽마다 상상 그 이상의 암 통증으로 고통을 호소하셨다. 그리고 이른 아침이 되어서야 겨우 잠이 드셨다. 낮에는 엄마가 계속 간병을 하셨기 때문에 내가 교대하며 밤과 새벽에 아버지와 함께 시간을 보냈다. 사실 나는 캄캄한 밤과 새벽이 매일 오는 것이 너무나 두려웠고 무서웠다. 그래도 힘든 아버지만을 생각하며 버텼다. 나의 학교생활, 아빠가 좋아하는 운동, 영화, 음악 등에 대한 이런저런 이야기를 꺼내 새벽 내내 대화를 나누었다. 나의 두려움과 아버지의 고통을 동시에 잊기 위해 노력한 시간들이었다.

2004년 12월 어느 날, 병원 주치의가 가족 면회를 신청했다. 엄마는 아버지 곁에 있어야 했기 때문에 내가 주치의를 만나러 가겠다고 자청했다. 병원에 도착하여 주치의 앞에 앉아 나도 모르게 침을 삼켰다.

"음……, 다른 가족분들은 안 오셨나요? 지금 상태가 많이 안 좋으십니다. 마음의 준비를 하셔야 될 것 같아요."

"……."

"앞으로 약 한 달 정도 버티실 것 같아요."

나는 더 이상 묻지 않고 주치의 방에서 나왔다. 이런 장면을 TV 속 어느 드라마에서 본 것 같다는 생각이 문득 들었다. 생각보다 담담했다. 매일 사투를 벌이는 아버지를 보며 나 홀로 마음의 준비를 하고 있었는지도 모른다.

그런데 막상 병원에서 나와 전철을 타니, 아버지와 얼마 남지 않았다는 생각에 갑자기 눈물이 뚝뚝 떨어지기 시작했다. 다리가 후

들거려 결국 다음 역에서 내리고 말았다. 조용한 역 한구석에서 그렇게 혼자 목 놓아 운 적은 내 생애 처음이었다.

그때 역 안에서 노래가 흘러나왔다. 그 노래는 박효신의 「눈의 꽃」이었다. 그 노래 속에 내 슬픔의 소리가 묻히고, 노래와 함께 나는 한참 동안 울었다. 지금도 「눈의 꽃」 노래를 들을 때마다 가슴이 먹먹해지고 눈물이 저절로 흐른다. 이 노래는 나에게 세상에서 가장 슬픈 노래가 되어 버렸다. 아직도 추운 겨울, 그날의 모든 장면과 여운이 지금까지도 깊게 남아 있다.

아버지가 돌아가시기 전날, 아버지는 극심한 진통제 부작용으로 정신이 무척이나 혼미했다. 이른 저녁 잠시 집 밖 마당을 보며 나는 아버지에게 귤을 드렸는데 갑자기 이런 말을 하셨다.

"귤아, 너는 참 좋겠다. 이렇게 건강하고 싱싱해서."

그 한마디가 아버지가 남긴 마지막 말이었다. 싱싱한 귤의 생명력마저 부러울 정도로 아버지는 이승의 삶을 그토록 살고 싶으셨나 보다. 결국 다음 날 새벽, 아버지는 영원히 깨어나지 못하셨다. 아버지의 죽음을 눈앞에서 지켜보며 마지막을 보내드렸다.

그날은 2005년 1월 8일 오전, 내 생일이기도 했다. 아버지가 돌아가신 이후, 1월 8일 내 생일이 돌아오면 나는 행복하기도 슬프기도 한 묘한 감정에 휩싸인다. 내가 처음으로 세상에 온 날, 아버지는 이 세상을 떠나신 날. 참 묘한 운명과도 같은 날이다.

아버지와의 헤어짐 이후, 나는 '겨울 증후군'을 심하게 앓기 시작했다. 겨울 증후군은 햇빛 일조량이 줄어들고 추워진 날씨에 따라 발생하는 몸과 마음의 일시적 처짐, 우울감 정도로 해석할 수 있다. 나의 경험이 투영되어 보니, 정확하게는 '겨울 트라우마 증후군'을 앓고 있다고 말하는 것이 맞는 표현일 듯싶다. 아버지와의 헤어짐을 선고받은 이후 한 달의 시간이 내 기억 잔상에 머무르고 있었다.

추운 겨울이 오면, 어느 날 갑자기 마음이 먹먹해지고 통제하기 힘들 정도로 눈물이 흐른다. 투병으로 인한 누군가의 죽음 소식이 겹쳐질 때 걷잡을 수 없는 슬픔과 불안감이 뒤섞인 감정으로 마음이 너무 지친다.

그런 나에게 엄마의 암 소식은 강렬한 트라우마로 변해 나를 더욱 힘들게 했다. 암, 죽음, 겨울. 이 세 단어에 나는 상당히 민감해지기 시작했다. 지금도 나는 겨울 트라우마 증후군을 해마다 앓는 중이다.

누구나 삶의 트라우마 하나쯤은 간직하며 살아간다. 우리의 삶은 결코 순탄치 않기 때문에, 그 속에서 각각의 트라우마를 겪을 수밖에 없다. 겨울 트라우마가 어김없이 내게 찾아올 때면 감정이 밑바닥까지 내려가는 우울감에 깊이 빠진다. 아무도 날 찾지 않는 동굴로 들어가고 싶은 마음에 주위와 연락할 마음조차 잘 들지 않는다.

그럴 때마다 나는 나를 잠시 내버려 두었다. 마땅한 방법이 없기 때문이기도 했지만, 애써 서둘러 빠져나오려 하지 않기로 했다. 다른 사람에게 말로 표현하기 힘든 복잡한 감정들과 마음들이 여기저기 곪아 터져 나오지만, 자연스럽게 흘러나와 서서히 달래는 것이 내가 취한 방법 중 가장 나은 방법이었다.

나는 이제 겨울 트라우마를 더 이상 무서워하고 싶지 않다. 트라우마를 자연스럽게 마주하고, 아픈 상처가 난 부위에 연고를 계속 해서 발라줄 것이다. 더 단단하고 건강한 마음이 새롭게 돋아나길 바랄 뿐이다. 결국 트라우마에서 벗어나게 할 존재도 나 자신뿐이라는 사실을 잘 알고 있기에.

서대문 B관
신관 6층

뮤지컬이나 연극에서 하나의 무대가 끝나고 다음 무대로 이어질 때 조명이 서서히 어두워지면서 다음 무대가 준비되고 바로 이어 다른 장면이 펼쳐진다. 나에게 닥친 모든 상황이 마치 이미 계획되어 있는 어느 공연의 무대와도 같았다. 순차적으로 낯선 장면들이 펼쳐지고, 그 장면들이 마무리되면 다음 무대로 정신없이 이어졌으니까.

불길한 엄마의 전화 한 통으로 시작된 아침 장면은, 순식간에 응급실 오후 장면으로 바뀌어 있었다. 엄마를 모시고 병원에 도착해 어느덧 정신을 차려 보니 병원 응급실이었다. 간호사들이 엄마 곁에 모이기 시작했고, 알 수 없는 무표정의 응급 담당 의사가 엄마 상태를 계속해서 확인했다. 약 6~7가지 검사가 일사천리로 진행된 뒤, 우리는 다시 일반 병실로 옮겼다. 일반 병실로 옮겨진 시각은 응급실에 들어온 지 다섯 시간 만이었다. 시간은 지나고 어느덧 저녁이 되었다.

일반 병실로 옮긴 뒤에도 새벽 내내 CT, MRI, PET CT 검사(전이 여부 확인 검사)가 이어졌다. 최종적으로 검사 결과가 나오기 전까지, 엄마와 나는 6인실의 좁은 병실에서 잠을 설치며 시간을 보냈다. 그렇게 시간이 흐른 후, 나는 검사 결과가 너무 궁금해 담당 의사가 오전 회진을 돌 때 병실 밖까지 따라 나가 물었다.

"선생님, 결과가 나왔나요? 어떤 상태인지 대략이라도 알려주실 수 있나요?"

"췌장암으로 판단됩니다. 자세한 사항은 교수님께서 따로 말씀해 주실 거예요."

"많이 진행된 상태인가요?"

"자세한 것은 교수님께 물어보세요."

담당 의사는 내 눈을 제대로 쳐다보지도 않고 대답했다. 그러고는 재빠른 걸음으로 다음 병실로 이동했다. 검사를 한 지 4일째면 이미 결과가 나왔을 텐데, 속 시원히 이야기해주는 사람이 하나도 없는 것 같아 갑자기 화가 났다.

의학용어를 제대로 모르지만, 나는 엄마가 동네에서 받아온 진단서에 있는 영문 결과지를 인터넷에 검색해보기 시작했다. 그중 CA19-9라는 항목에 2400이라는 표시가 있었다. CA19-9는 소화기

계 암의 진단, 예후 판정 및 재발 판정을 돕는 종양 표지자이고 2400은 관련된 수치였다. 평균적으로 암 표지자의 정상 수치 범위는 0에서 30 이하인데, 엄마의 수치는 무려 2400이었다. 이 수치만 보더라도 이미 암 가능성일 확률이 높았다. 오전 회진 때, 췌장암이라고 판단된다는 말은 들었지만 나는 인터넷에 나온 관련 글을 정신없이 읽었다. 암 진단이 사실인지 계속해서 확인하고 싶은 마음뿐이었다.

"오늘 안으로 교수님이 가능하신 시간대에 면회 좀 잡아주세요."

나는 급하게 간호사에게 이야기했다.

오후 3시가 넘어설 무렵, 의료진이 나를 따로 불러냈다. 간호사실에 내과 담당 교수가 앉아 있었다. 그는 스크린을 내 얼굴 가까이 가져오더니 보면서 말했다.

"췌장암입니다. CT상으로 현재 전이 여부는 특별히 발견되지 않았습니다. 그러나 워낙 전이가 빠른 암이기 때문에 수술을 서둘러야 할 것 같습니다."

병실로 돌아와 나의 이야기를 기다리고 있을 엄마를 보며 말을 꺼냈다.

"엄마, 췌장암인 것 같대……. 그래도 지금은 초기 상태래. 수술할 수 있고, 하고 나면 괜찮을 거래."

"암이래? ……초기 맞대?"

"응. 지금 이렇게 발견한 것도 천만다행이래. 수술을 못 하는 사람들도 많대. 감사하게 생각하자, 우리."

엄마도 당신 상태가 예사롭지 않다는 것을 이미 눈치채고 있었을 것이다. 나를 통해 암 확진을 재확인하며 눈시울이 붉어지는 듯 보였지만, 상태가 초기라는 말에 다시 안도하는 듯했다. 나는 의사가 언급하지도 않은 위안의 말을 지어내 가며 엄마를 달랬다. 겁이 유독 많은 엄마의 성격을 알기에, 덤덤하게 이야기하며 엄마를 안심시키려고 노력했다.

반대로 나는 덤덤하지 못했다. 덜덜 떨리는 상태가 심각할 정도였다. 심장이 너무나도 뛰었다. 엄마 앞에서 떨리는 목소리를 들키지 않으려고 무지 애썼다. 당시 엄마의 상태는 수술이 긴급한 상황이었기 때문에, 외과 쪽으로 담당 교수가 변경되었다. 우리는 응급실에 들어온 지 열흘 만에 다시 병실을 옮겼다. 병실은 병원 B관 신관 6층의 1인실이었다.

B관 6층은 신관이라 굉장히 깨끗했다. 더군다나 1인실은 6인실보다 한결 아늑했고 긴장감마저 풀리는 느낌이었다. 엄마는 막상 결과를 듣고 나니 겁은 나지만 한편으로는 후련해 보였다. 여기저기 들리는 환자들의 아픈 소리에서 벗어나 오직 엄마와 나만의 공간이 생겼다는 자체로 나도 마음이 조금 놓였다.

그날 저녁, 나는 TV를 틀었고 엄마는 좋아하는 저녁 프로그램을 챙겨보며 잠시 복잡한 마음을 달랬다.

"똑똑."

간호사 한 분이 들어왔다. 그러고는 피검사를 하러 엄마 팔 안쪽의 혈관을 유심히 보았다. 잦은 피검사로 엄마의 팔 안쪽에 멍이 파랗게 든 것을 보고 말했다.

"어머님, 너무 아프셨죠? 제가 안 아프게 피 뽑아드릴 거니까 조금만 참아주세요. 잠시 따끔해요."

6인실 병동의 간호사분들도 좋았지만, B관 신관 6층의 간호사분들은 말 한마디가 굉장히 세심해서 좋았다. 참 신기하게도 그분들의 배려 섞인 말 한마디가 병원에 대한 엄마의 공포심을 일시적으로 누그러뜨려 주었다. 갑자기 엄마가 힘없이 미소 지으며 말을 건넸다.

"피 잘 뽑으시네요, 안 아프게."

B관 신관 6층의 첫인상은 우리에게 따뜻함 그 이상이었다. 6층으로 병실을 옮긴 지 얼마 안 되어, 엄마의 수술 날짜가 바로 잡혔다. 의사들 사이에서 상당히 어려운 대수술 중 하나라는 수술을 엄마가 받게 된 것이다. 수술 전부터 수술에 대한 위험성을 예고하는 무서운 동의서에 서명했다.

며칠이 흘러 드디어 수술 날을 맞이했다. 수술실로 들어간 지 한 시간도 안 된 시각이었다. 갑자기 파란색 수술복을 입은 의료진이 급하게 나오더니 보호자를 호출했다.

"막상 개복을 해보니, 간 쪽에 이미 전이가 되었습니다. 이대로 수술하기는 힘들어 보이니 수술을 중단하겠습니다. 전이가 되었을 경우, 선 항암을 하고 추후 수술 여부를 결정할 수 있으니 관련된 상황을 미리 알고 계세요."

무슨 날벼락 같은 이야기인가 싶었다. 수술은 중간에 멈추었고, 엄마는 세 시간 만에 6층 병실로 다시 돌아왔다. 마취에서 깨어난 엄마 귀에 대고 나는 조용히 이야기했다.

"수술 잘 버텼어, 우리 엄마. 무척 아팠지? 이제 회복만 남았어."

"수술 잘되었대?"

"응……, 잘되었대."

극심한 수술 통증으로 마약성 진통제를 맞고 주무시는 엄마를 옆에서 지켜보며 나는 새벽 내내 숨죽여 울었다. 천주교 신자인 엄마를 위해 남동생이 병실에 가져다 놓은 작은 성모 마리아상이 있었다. 새벽에 고개를 들어 성모 마리아상을 보니 마음이 더 내려앉았고, 눈물이 비 오듯 쏟아졌다.

'성모 마리아님, 제발 우리 엄마를 지켜주세요.'

나는 당시의 상황을 사진 한 장으로 남겨두었다. 새벽에 혼자 찍은 사진인데, 어둠 속에서 성모 마리아가 침대에 누워 있는 엄마를 지그시 바라보는 것 같다. 내 마음이 그렇게 느끼고 싶었는지는 모르겠다. 성모 마리아상이 아픈 엄마를 바라보며 마치 뜨거운 기도를 전해주는 것처럼 보였다. 뜬눈으로 밤을 새우고, 동이 틀 무렵 나도 모르게 혼잣말이 새어 나왔다.

'정말, 산 넘어 산이네…….'

어렵게 산을 넘으니 또 하나의 산이 놓여 있고, 갈수록 힘겨운 일만 생기는 날들의 연속이었다. 눈을 감았다 뜨면 이 모든 것이 꿈이고, 그 꿈에 안도하며 좋아하고 있는 내 모습을 잠시 상상해 보기도 했다.

엄마가 병원에 입원한 날부터 매일 나는 신이 원망스러웠다.

'대체 어디서부터 잘못된 것일까. 왜 이런 일을 우리 가족만 겪어야 하지?'

나는 소리 없는 비명을 지르며 절규했다. 마치 에드바르 뭉크(Edvard Munch)의 그림 「절규」의 주인공처럼. 보이지 않는 원망과 절망만이 존재하는 무거운 공기가 신관 6층 병동을 가득 채우고 있었다.

나는 보호자입니다

어느 날부터 나에게 새로운 이름이 생겼다. 여기저기에서 나를 부르고 찾는다. 그 이름은 바로 '보호자'이다. 파란색 바탕에 보호자라는 글자가 눈에 띄게 쓰여 있다. 나의 이름이 적혀 있는 출입증 목걸이를 나는 24시간 목에 걸고 있다. 심지어 잠을 잘 때도 그대로 걸려 있다.

"보호자님, 1층 내려가셔서 요청하신 소견서 가져오시면 돼요."

"보호자님, 밤에 어머니 진통은 더 없었나요?"

"보호자님, 잠깐 이쪽으로 오시겠어요?"

다른 환자의 보호자 호칭이 불릴 때도 나인 줄 알고 '네'라고 대답할 때가 있었다. 그만큼 나 자신이 보호자임을 완전히 받아들이고 있었다. 아버지의 죽음 이후, 나는 '간병인'이라는 직업군에 다시 입문했다. 엄마는 수술 이후, 한 달간 병원에서 지냈다. 나는 엄마의 빠른 회복을 위해 일거수일투족 엄마의 손발이 되어 곁을 함께했다.

보호자의 일과는 나름 바쁘다. 새벽 5시에 눈을 뜨고, 핸드폰으로 암 관련 인터넷 카페를 둘러본다. 새벽 6시 반, 보호자 간이침대에서 일어난다. 커피포트에 물을 담고 끓이기 시작한다. 물을 끓인 이후, 보리차 티백을 띄워 충분히 우려 나올 때까지 기다린다.

"엄마, 일어나자마자 마시는 따뜻한 물이 몸에 정말 좋대. 한 잔 마셔봐."

엄마에게 따뜻한 보리차 한 잔을 건넨다. 그다음에는 누룽지를 꺼내 그릇에 담고, 뜨거운 물을 붓는다. 엄마는 누룽지를 참 좋아하셨다. 누룽지의 구수함이 좋고, 섭취 이후에 속이 편안해진다고 했다. 이른 아침을 챙겨드리고 정리하다 보면, 어느덧 병실을 청소해 주는 아주머니가 들어오신다.

"엄마, 병실 청소 시간이야. 몸 일으켜서 복도에 나가 조금만 걷다 오자."

수술한 부위가 미처 다 아물진 않았지만, 엄마를 일으켜 복도에 함께 나간다. 나는 엄마의 옆구리에 팔을 끼고 엄마가 넘어지지 않게 붙잡는다. 복도에서 걷는 연습을 하다가 다시 병실로 들어오면 어느새 병실은 깨끗해져 있다.

오전 시간이 지나가고 또다시 점심시간이 다가온다. 엄마는 유독 병원 밥을 싫어하셨다. 원래 엄마는 맛집에서 맛있는 음식을 먹는 것을 좋아하신 미식가였다. 점심 전부터 끼니를 위해 나는 여기저기 음식점을 검색하여 찾아본다. 갓 지은 음식을 점심때 드시게 하려고 점심 전 시간에 맞춰 사러 나가기도 했다. 음식을 산 뒤 병실에 돌아와 엄마의 식사를 챙겨드린다. 엄마는 입맛이 워낙 까다로워 입맛에 맞지 않으면 잘 드시지 않는다.

"엄마, 먹어야 회복하지. 입맛에 맞지 않더라도 더 드셔봐."

"입에서 안 당기는데 어떻게 먹니?"

"꼭 당겨야 먹나? 나으려고 먹는 거지. 얼른 더 드셔."

엄마의 식사를 챙겨줄 때마다 매일 전쟁 같다는 생각이 들었다. 다른 병실의 환자들은 병원 밥을 신청해서 나름 편하게 잘 드시는 것 같았다. 반면, 우리 엄마는 건강보다 미각을 행복하게 해줄 음식에 목말라 하고 있었다. 이런 엄마의 행동이 매번 못마땅했다. 그러면서도 한편으론 엄마가 먹고 싶은 것이 있다면, 제주도 아니 지구 끝까지 가서 뭐든 다 사오고 싶은 심정이었다.

엄마가 수술받을 당시, 쓸개 쪽에도 전이가 되어 결국 쓸개를 제거했다. 발암 부위인 췌장은 인슐린 분비와 관련이 있다. 쓸개 적출과 췌장 기능에 문제가 생겼기 때문에, 밥을 다섯 숟가락만 먹어도 엄마는 금방 배가 부르다고 했다. 소화 기능이 급격하게 떨어졌고 결국 식사 섭취량에 한계가 왔다. 나는 엄마의 이런 상태를 알고 있으면서, 굳이 잔소리를 한다.

"잘 드셔야 빨리 회복하지. 교수님이 오전에 이야기하셨잖아. 조금만 더 드셔봐."

"나도 더 먹고 싶지. 조금만 먹어도 금방 배부르고 소화가 안 되는데 어떡하니."

엄마는 밥 먹을 때마다 '더 먹어라' 하는 말만큼 스트레스가 되는 말은 없다고 했다. 그 말을 들을 때마다 엄마가 너무 안쓰러웠다. 하지만 빨리 회복시키고 싶은 딸의 절박한 마음을 엄마도 알고 있었을까.

식사 전후로 엄마는 하루에 세 번, 모두 열두 알의 약을 챙겨 드셔야 했다. 밥을 먹고 소화가 되는 시간도 일반인보다 꽤 오래 걸렸다. 엄마는 평소 약을 싫어하고 또 잘 드시지 못하는 편이었다. 나는 시계를 계속 보며, 약 먹을 시간을 주시해야 했다.

"엄마, 약 먹어야지. 지금 안 먹으면 시간 놓쳐."

"먹을 거야. 거기다 둬."

약은 그렇게 점심에 밀려 저녁 식사 전까지 그대로 놓여 있었다.

어느 날, 간호사가 오후 6시쯤 병실에 들어와 말했다.

"어머님, 저녁 식전 약이에요. 어? 점심 약은 안 드셨어요?"

"약도 소화가 안 되는 것 같아요. 소화되는 대로 이따 먹을게요."

"엄마, 약은 시간에 맞춰 먹어야 효과가 있대. 지금 식전 약을 미리 먹자."

약 먹기 싫어하는 어린아이처럼 약을 거부하는 엄마. 그런 엄마에게 억지로 약을 먹게 하려는 나. 많은 약을 매번 먹어야 하는 현실에 나도 엄마도 억장이 무너진다. 엄마에게 약을 챙겨줄 때면 나는 어린아이를 대하듯 달래기도, 혼내기도 했다.

엄마가 가장 좋아하는 저녁 시간은 6시부터 10시까지다. 이 시간대엔 엄마가 좋아하는 TV 프로그램들이 쏟아진다. 엄마는 TV에 나오는 맛집을 볼 때마다 거기에 나오는 음식이 먹고 싶다고 하셨다. 그럴 때마다 나는 부리나케 맛집을 검색해서 저장해둔다. 어느 저녁 시간, KBS1 TV 프로그램 「6시 내고향」을 보다가 엄마가 갑자기 말을 꺼냈다.

"외할머니가 예전에 가마솥에 팔팔 끓인 우거지국을 잘 해주셨는데, 그게 참 먹고 싶네."

경기도 양평 출신인 엄마는 돌아가신 외할머니 음식을 부쩍 찾으셨다. 내가 만약 외할머니 음식의 조리법을 안다고 해도 도저히 흉내 내지 못할 음식일 것이다. 엄마에게 외할머니 음식은 맛있는 손맛 그 이상의 그리운 음식이었다. 나 역시 세상에서 제일 좋아하는 음식이 '엄마의 집밥'이다. 이제는 만날 수 없는 그리운 엄마의 음식. 엄마가 외할머니 음식만 왜 그렇게 찾으셨는지 이제야 알 것만 같다.

어느덧 밤이 오면 나는 엄마의 목욕을 돕는다. 엄마 옆에는 항상 약제가 주렁주렁 걸려 있는 링거 걸이가 있다. 이 걸이 때문에 엄마의 움직임에 상당한 제약이 따른다. 특히 목욕할 때는 링거 걸이의 여러 선을 정리해주고 물에 닿지 않게 해야 한다.

나는 엄마를 씻길 때마다 화장실로 함께 들어간다. 그리고 조심스럽게 엄마의 몸을 구석구석 닦아준다. 화장실에서 나온 뒤, 화장솜에 스킨을 묻혀 엄마의 얼굴에 발라주고 로션으로 마무리한다. 발뒤꿈치가 너무 건조해서 바디 크림도 듬뿍 발라 드린다. 목욕 이후, 엄마의 기분은 한결 좋아 보인다. 마지막으로 나도 씻고 간이침대에 누우면 밤 11시 가까이 된다.

엄마가 잠이 오는지 눈을 감는다. 엄마의 자는 모습을 확인한 후, 나는 그제야 숨을 돌리며 여유 시간을 갖는다.

'이렇게 하루가 가는구나.'

천장을 보며 나는 잠시 생각한다. 하루 종일 긴장했는지 심호흡을 하는 순간 온몸이 뻐근하다. 눈을 잠시 감았다가 번쩍 뜬다. 그러고는 엄마 얼굴을 유심히 쳐다보며 다짐한다.

'엄마, 내가 항상 옆에 있어줄게. 아프지만 말아줘.'

나도 어느새 눈을 감고 잠을 청한다. 새벽에도 몇 번씩 화장실을 가는 엄마를 부축하고 또 침대에 눕는 것을 반복한다. 시간이 지나 새벽 5시가 다가오고, 보호자의 하루는 또다시 시작된다.

같은 일이 반복되는 일상이었다. 병실에 있는 창문을 가끔 쳐다보면, 창문 밖은 완전히 다른 세상이었다. 나는 밖의 세상과 잠시 단절된 채, 엄마와 함께 오직 치료만을 위해 하루를 살아갔다. 처음에는 어설펐던 보호자의 모습도 점차 익숙해지며 제법 능숙해진 모습으로 변해 갔다. 비록 내 삶의 여유는 보이지 않았지만, 그런 여유가 없다고 투정 부릴 수 없는 것이 보호자의 삶이었다. 나는 매일 정신을 놓지 않으려고 노력했다. 별일 없이 하루가 지나가면 그날에 감사할 따름이었다.

지금도 눈을 감으면 그때의 모든 시간이 생생하다. 엄마의 투병 생활 내내 나는 간병인도 두지 않고 오롯이 엄마 곁을 홀로 지켰다. 엄마의 눈빛과 표정, 이따금씩 부리는 투정, 눈물 그리고 웃음까지……, 엄마의 모든 것을 눈에 담으며 나의 모든 것을 쏟아부었다. 이유는 단 하나, 나는 세상에서 엄마를 가장 사랑하는 보호자이기 때문이다. 엄마는 내가 옆에 있을 때 아기처럼 편안해하며 의지했다.

파란색의 보호자 출입증 목걸이는, 엄마의 딸로 나를 가장 빛나게 해준 최고의 액세서리였다. 항상 나와 함께 다녔던 그 목걸이가 문득 보고 싶어지는 오늘이다.

인생에서 중요한 것은 무엇일까?

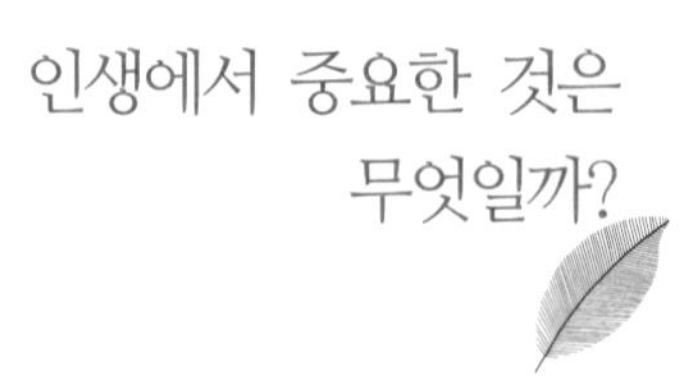

"성공한 사람보다 가치 있는 사람이 되어야 한다."

알베르트 아인슈타인의 이 말은 항상 내 마음을 두드리는 인생 명언이다. 아이러니하게도 성공한 삶이 곧 가치 있는 삶으로 통용될 때가 있다. 성공한 삶이 의미 있는 삶으로 비칠 수도 있지만, 나는 반드시 그런 것은 아니라고 생각한다. 누군가 내게 인생에서 중요한 것이 무엇이냐고 물어본다면 나는 이렇게 대답할 수 있겠다.

"어떤 일의 내면을 먼저 볼 줄 아는 마음. 삶의 진정한 의미와 가치를 살펴보기 위한 신중한 두드림."

이러한 나의 가치관은 막막해진 현실의 벽도 과감히 무너뜨렸다. 내가 믿고 있는 '가치 있는 삶'을 좇아 고민 없이 결정하게 된 것이다. 그것은 바로 내 커리어 경력의 휴지기, 아니 과감한 멈춤이었다. 엄마의 보호자를 자청하며 내 삶에서 굉장히 크게 자리 잡고 있었던 회사를 그만두기로 결심했다.

나는 12년간 뷰티업계에서 화장품을 좋아하는 회사원으로 열심히 고군분투하며 지내왔다. 상품기획, 마케팅, 교육 업무까지 다양한 업무 경험을 쌓아왔다. 아무것도 몰랐던 첫 사회생활을 거쳐, 글로벌 환경에서 일하고 싶다는 패기 하나로 외국계 회사로 이직하기도 했다.

30대 초반, 내 눈에 비친 화장품 회사는 화려하고 멋져 보였다. 나는 당당하고 우아한 전문직 여성을 꿈꾸며 이 악물고 열심히 일했다. 벅찬 업무량으로 야근을 밥 먹듯 하던 시절, 잠자는 시간을 제외하곤 회사에 있었다. 엄마와 함께 살면서, 주말이 되어서야 엄마 얼굴을 제대로 보는 경우가 많았다. 퇴근하거나 주말에도 나는 회사 메일을 실시간 확인하는 등, 중독적인 습관에서 쉽게 벗어나지 못했다. 경쟁과 압박이 심한 근무 환경에서 상당한 긴장감과 스트레스에 허덕이며 지내왔다.

안타깝게도, 일한 시간과 업무 강도에 비해 월급은 그리 많지 않았다. 소비가 주축인 업계 분위기에서 멋 부리기 바빴던 그때, 나는 많지 않은 월급마저 탕진하기 일쑤였다. 각종 미용 관리에서부터 충동적인 쇼핑 습관까지. 심지어 비싸도 이름난 곳이라면 어디든 찾아갔다.

늦은 야근 후에도 친구들과 술과 수다로 스트레스를 풀며 시간을 보냈다. 비록 몸과 마음은 힘들었지만, 일할 때의 열정적인 몰입감과 성취감으로 버텨냈다. 뿐만 아니라 가끔 회사 사람들에게 받았던 인정과 칭찬은 내가 계속해서 일을 할 수 있도록 이끌어준 원동력이었다.

엄마는 내가 화장품 회사에 다니는 것을 무척이나 못마땅해하셨다. 귀가 시간이 너무 늦고, 매일 지친 딸의 모습이 안타까워 그러셨을 것이다. 그럼에도 내가 언젠가 떳떳한 위치에 오르면, 엄마도 좋아할 거라 믿었다. 아버지 없이 홀로 나와 남동생을 키우셨던 엄마를 기쁘게 해드리고 싶은 마음이 항상 있었다.

나는 남들이 부러워할 만한 자랑스러운 딸로, 든든한 누나로 가족 모두에게 인정받고 싶었다. 그리고 성장하는 딸의 모습을 하늘에서 지켜보고 계실 아버지의 흐뭇한 미소를 상상했다. 내가 심어놓은 커다란 책임감과 끈기 하나로 힘든 사회생활을 독하게 버텼다.

그러던 어느 날, 나에게 유명 브랜드의 화장품 회사에서 일할 수 있는 기회가 왔다. '좋은 회사에 가야지'라는 야심보다 '현재의 위치에서 불평하지 않고, 늘 주어진 자리에서 최선을 다하자'라고 외쳤던 나의 꾸준한 다짐이 좋은 기회로 연결되는 순간이었다.

설레는 마음으로 나름 명성 있는 회사에 들어갔지만 다시 시련이 찾아왔다.

"상사의 성향을 꿰뚫어 비위를 맞추면 어느 정도 사회생활이 편해진다"라는 말에 나는 공감하는 편이다. 그러나 일하면 일할수록 상사도 상사 나름이라는 생각이 들었다.

직장을 옮기면서 나는 다양한 상사들을 만나왔다. 업무를 독촉하는 성격 급한 상사, 야근 분위기를 조장해서 정시에 퇴근하지 못하게 하는 상사, 명확한 업무 지시를 하지 않고 이것저것 자료들만 무한정 만들게 하는 상사……. 그중에서 나를 가장 힘들게 한 상사는 바로 불편한 관계를 조장하는 사람이었다.

유달리 편애가 심한 상사를 만나기도 했다. 그때가 인간관계에서 회의감을 많이 느꼈던 시기였다. 그 상사는 자기가 좋아하는 직원들과 소통을 자주 하고 친밀한 관계를 유지했지만, 아닌 직원들에게는 무관심했다. 물론, 이는 내가 느낀 지극히 개인적인 생각이다.

'그럼 나는 어떤 사람이었나?' 하고 생각해보니 상사에게 편애를 심하게 받은 것도 아닌, 어떤 부류에 편중된 타입도 아니었다. 나는 내 나름대로 중용을 지키며 회사 생활을 하려고 노력했다. 불편한 관계를 유독 꺼리는 나의 성향 탓에, 마음이 내키지 않아도 누군가의 비위를 맞춰주는 경우가 더 많았다. 그렇다고 상대방의 비위를 완벽하게 맞춘 것도 아니었다. 비위도 사람의 성향을 따져보며 맞추었던, 그저 예민하고 어중간한 사람이었다.

여자들이 삼삼오오 모이면 무성한 가십거리가 생겨난다. 어떤 대상이 이야기 주인공이 되고, 그 주인공을 향한 화살에 서로 동조하는 순간이 온다. 이럴 때 동조한 사람들끼리 갑자기 관계가 급속도로 가까워지는 희한한 문화가 형성된다. 나 역시 이러한 분위기에 잘 휩쓸리고 뒷말에 가담하기도 했다. 또는 뒷말의 대상이 되기도 했던 적도 분명 있었다. 어쩌면 인간관계 속에서 본능적으로 부딪히는 현상일 수도 있지만, 여자들끼리 있으니 더한 것 같다는 나의 편견이 작동된다.

이른바 기센 여자들의 조직 문화에서 나는 일보다 더 힘든 '관계에 신경'을 쓰느라 눈치 살피는 시간들을 보냈다. 지금에서야 생각해보니, 가끔 예전의 내 모습이 이해되지 않을 때가 있다.

관계에 대해 유연한 마음을 갖고 잘 지낼 수 있는 상황들도 참 많았다. 성숙하지 못한 생각과 미흡한 태도로 나의 힘든 시간을 자초했다는 생각이 든다.

다른 사람들처럼 악착같이, 때로는 여우처럼 사회생활을 했다면 더 편하게 회사를 다녔을 텐데. 잦은 이직 없이 어떤 환경이든 받아들이고 적응하며 다녔다면 더 완벽한 전문성을 완성할 수 있었을 텐데. 여전히 나는 이런저런 후회를 할 때가 많다.

회사에서 나와 밖에서 객관적인 제3자의 눈으로 바라보니, 지난날 그렇게 힘들었던 순간들이 그다지 큰일이 아닌 것처럼 느껴진다. 심지어 불편한 관계라고 선을 그었던 사람들조차 가끔 생각이 날 때가 있다. '잘 지내고 계시나? 여전히 그 회사 다니고 있나?' 괜한 오지랖인가 싶을 때도 있지만, 진심으로 안부가 궁금할 때가 있다.

그래도 한때 나와 같은 공간에서 열정을 함께하며 일했던 사람들이다. 서로 도움을 주고받은 일, 고마운 일들도 참 많았다.

사람은 왜 안 좋았던 기억만 먼저 들추고 꺼내려고 할까. 돌이켜 보면 나와 닿은 인연으로 모두가 소중한 관계였다. 귀중한 인연이 언젠가 새로운 관계로 다시 이어질 날이 있기를 조심스럽게 기대해 본다.

나는 관계만큼 내 커리어를 여전히 자랑스럽게 생각한다. 넓은 안목, 탁월한 심미안 그리고 체계적으로 일하는 융통성을 기를 수 있었던 절대적 성장의 공간. 바로 내가 다녔던 회사, 내가 쌓아올린 아름다운 커리어다. 여전히 일하고 있는 동료들을 보면, 큰 걱정 없이 일할 수 있을 때가 가장 행복한 것이라고 꼭 말해주고 싶다. 가장 행복한 시간을 그들은 보내고 있다고. 그 시간들은 어쩌면 다시 오지 않을 순간이 될 수 있다고.

회사에서 맺은 좋은 관계가 지금까지도 이어져 온 사람들이 있다. 간병 기간, 비록 연락은 자주 하지 못했지만 마음속으로 항상 고마움을 느끼고 있는 사람들이다. 그중 몇몇은 내게 이런 이야기를 했다.

"꼭 회사 그만두어야 해? 간병인도 함께 쓰면 일은 계속해도 되잖아?"

내가 회사를 최종적으로 그만두기로 결심한 날, 걱정스러운 말들이 여기저기서 들려왔다. 나를 진심으로 생각하고 안타깝게 생각해주는 고마운 지인들이었다. 그들의 염려에도 나는 뒤도 돌아보지 않고 자발적으로 내 커리어에 마침표를 찍었다.

그때 나는 '인생에서 중요한 것이 무엇일까?' 내게 물었다. 그리고 대답했다.

'엄마와 지금 이 순간을 함께 보내는 것. 이것이 바로 내 인생에서 절대 후회하지 않을 가장 가치 있는 선택.'

누구에게나 무언가를 결정하고 중요한 판단을 내리게 될 때가 있다. 그럴 때 사람들은 주변의 여러 조언을 듣고 싶어 한다. 물론 다른 사람의 진심 어린 한마디가 수월하게 결정 내리는 데 중요한 역할을 할 수 있다. 그러나 때로는, 여러 사람의 말들이 오히려 혼란만 일으킬 때가 있다. 결국 결정적 판단을 위해 필요한 것은 '자신의 가치 있는 소신'이다.

나는 '인생에서 중요한 것이 무엇이냐?'고 많은 사람에게 묻고 싶다. 이 질문에 자신 있게 대답할 수 있는, 각자의 깊이 있는 소신을 간직했으면 좋겠다. 질문에 대한 정확한 해답은 영원히 없을 것이다. 각자의 인생 주체는 바로 자신이기 때문이다.

나는 여전히 인생에 담긴 진정한 가치를 찾아가는 중이다. 그리고 오늘도 내게 묻는다.

'인생에서 중요한 것은 과연 무엇일까?'

두려웠지만,
두려워하지 않기로 약속한 밤

매일 밤 10시, 밤의 시작을 알리는 듯 병원 복도의 전등이 하나 둘씩 꺼진다. 나도 엄마의 병실 TV 소리를 작게 낮추고 모든 전등을 끈다. 다른 병실들도 고요하고, 몇몇 간호사분들이 조용히 환자들을 돌본다. 병원 생활이 시작되면서 밤잠을 제대로 주무시지 못한 엄마이지만, 가끔 몸의 고단함으로 금방 잠드는 경우가 있다. 엄마의 잠든 모습을 확인하고 나서야 나는 병실 문을 열고 복도로 나온다.

나는 B관 신관 6층에서 5층으로 내려간다. 거기에는 본관으로 이어지는 구름다리가 하나 있다. 거동이 힘든 환자들이 움직여 운동하거나 병실 밖에서 머리를 식히고 싶을 때 이용되는 공간이다. 낮에 북적이던 공간은 밤이 되니 적막만 흐른다. 가끔씩 나는 밤에 구름다리를 천천히 걷고, 커다란 창문 밖 야경을 멍하니 바라본다. 조용한 구름다리에서 한숨을 내쉬며 지친 하루를 달랜다.

다시 병실로 조용히 들어와 보호자 침대 한켠에 눕는다. 캄캄해진 병실에서, 잠은 들지 못하고 혼자만의 망상이 시작된다.

엄마에게 췌장암 선고가 내려진 이후, 나는 관련된 정보를 찾아 공부해야 했다. 췌장암은 암 중에서도 생존율이 5년 미만이며, 여전히 치료가 어렵다는 기사가 내 머리 한구석을 돌아다녔다. 통증이 너무 고통스럽고 제대로 먹지 못해 해골의 형상으로 마지막을 맞이한다는 극단적인 글들이 나를 괴롭혔다. 평소 생각도 많고 긍정적이지 못한 성격 때문에, 아직 일어나지도 않을 일에 대한 두려움이 매일 커졌다.

'엄마는 항암 치료를 얼마나 잘 견딜 수 있을까?'

곧 항암 치료가 시작될 엄마의 상태가 걱정되었다. 엄마의 항암 약제가 어떤 부작용이 있는지 인터넷을 통해 알아보고 관련된 정보를 모두 저장했다.

항암은 참 아이러니한 치료 방식이다. 암세포를 죽이기 위해 멀쩡한 다른 장기까지 파괴하는 독극물과도 같기 때문이다. 엄마의 항암 치료를 위한 항암제는 '폴피리녹스(FOLFIRINOX)'라는 혼합 약제인데, 주로 70세 이하의 젊은 환자들을 대상으로 시행한다고 한다.

독성이 강하지만 효과가 높은 치료 방식으로 24시간, 3일 내내 주사를 주입한다. 퇴원 후 약 5일간 부작용에 시달리다 회복될 때쯤 다시 병원으로 입원해 다음 항암을 이어가는 과정이다. 이 항암 약제로 2주 단위, 총 열세 번을 먼저 진행하기로 했다.

암 환자 대부분이 항암 우울증을 심하게 겪고 있다고 한다. 암 카페에서 어떤 암 환자가 남긴 치료의 고통을 표현한 글이 기억에 남는다.

> "항암제가 온몸을 타고 들어가면, 숙취의 10배, 배멀미의 60배 정도의 울렁거림과 그 이상의 고통스러움이 매일 지속된다."

항암 치료에 대한 환자들의 다양한 후기만 보더라도 벌써부터 두려움이 앞섰다. 예전 아버지의 항암 치료를 보았던 터라 그 과정이 얼마나 힘들었는지 이미 알고 있기에 마냥 긍정적인 정신력을 유지하기가 힘들었다.

나는 두려운 망상에서 벗어나기 위해 귀에 이어폰을 끼고 조용히 피아노 음악을 들었다. 음악을 들으니 불안함과 두려움으로 뭉쳤던 덩어리가 서서히 풀어지는 것 같았다. 나도 모르게 귀에 이어폰을 낀 채 잠이 들었다. 갑자기 눈을 떴는데, 엄마가 내 얼굴에 반쯤 걸쳐 있던 안경을 벗겨주고 이불을 덮어준 흔적이 보였다. 엄마는 다시 주무시는 것 같았다.

엄마 얼굴을 보고 있으니, 가슴 한구석이 아파왔다. 순간 엄마의 보호자로서 걱정과 불안감만 가득 안고 있는 나 자신이 한심하게 느껴졌다. 나의 불안정하고 두려운 정서가 결국 표출되어 엄마까지 두렵게 만들 것 같다는 생각이 들었다. 확실한 것은, 나는 아버지처럼 엄마를 쉽게 떠나보내고 싶지 않다는 것이다. 그런 단호한 마음이 있기 때문에, 부정적 감정에 동요되어 두려움에 벌벌 떠는 내 나약한 모습을 버리는 것이 마땅했다.

새벽에 은은한 달빛이 창문을 통해 들어왔다. 어두운 병실에 초를 켜둔 것처럼 환하게 느껴졌다. 달빛이 비치니 캄캄한 병실도 막막한 현실도 더 이상 두렵지 않았다. 창문을 바라보며 나는 약속했다.

'나만 흔들리지 않는다면 두려울 것 하나 없어. 세상에서 가장 용감한 보호자가 되자.'

다시 피아노 음악을 잔잔히 틀어놓고 잠을 청했다. 그때 내 귓가를 달래준 음악은 차분한 선율이 매력적인 멜로우 노트(Mellow Note)의 뉴에이지 음악 「네게 말할게To Tell You」였다. 이 한 곡으로 나도 내게 용기를 전했고 엄마에게 말했다.

'엄마 딸 이제 겁쟁이 아니야. 앞으로 아무 걱정하지 마.'

한층 편안해진 마음으로 눈을 감으니, 인상 깊게 본 영화 한 편이 문득 떠올랐다. 「안녕, 헤이즐」(2014)이다. 이 영화는 시한부 인생을 사는 두 남녀의 슬픈 사랑 이야기를 다루고 있다. 남자 주인공인 거스의 집에 부모님이 아픈 아들을 위해 걸어둔 액자가 있다. 액자의 문구에는 이런 말이 쓰여 있다.

'비를 견뎌내야 무지개를 본다.'

비가 내린 뒤, 잿빛 하늘을 가로지른 선명한 무지개를 본 적이 있다. 내가 초등학생이었을 때, 집 창문을 통해 처음으로 본 무지개. 그때 내 눈에 비친 무지개는 또 다른 세상의 판타지였다.

지금도, 앞으로도 비가 내리는 날이 많겠지만, 빗물 속에 시련은 씻겨 내려가고 견딘 만큼 희망의 무지개를 만날 수 있을 거라 믿는다. 마음속 희망의 무지개를 그리며 나는 늦은 새벽에서야 겨우 잠이 들었다.

행복 뒤에 슬픔이라는 그림자

"빨간 모자를 눌러쓴 난 항상 웃음 간직한 삐에로.
파란 웃음 뒤에는 아무도 모르는 눈물……."

내가 초등학생 때 가수 김완선의 인기는 참 많았다. 당시 「삐에로는 우릴 보고 웃지」라는 노래가 대중에게 큰 사랑을 받았기 때문이다. 이 곡은 가수 아이유가 2014년에 스페셜 앨범으로 리메이크하기도 했다. 오래된 노래이지만, 여전히 나의 뮤직 리스트에 저장된 추억의 명곡이다.

어느 날, 이 곡을 들으면서 가사가 새삼 귀에 맴돌았다. 가사처럼 웃음을 간직하고 있지만 그 웃음 뒤에 아무도 모르는 슬픈 얼굴의 어릿광대 모습.

거울에 비친 내 모습 속에서 가끔 삐에로의 잔상을 발견한다. 웃음으로 가장했지만, 슬픈 그림자를 밟고 있었던 적이 있었다. 나의 삐에로 모습은 부모님의 투병 기간에 자주 등장했다. 그 기간, 애써 웃음을 지어도 드러나는 슬픈 분위기는 감출 수가 없었다. 삐에로의 행복 뒤에는 슬픔이라는 그림자가 있었다.

삐에로의 모습을 뒤로한 채, 매일 만나는 온라인 속 세상은 '진짜 행복한' 사람들만이 사는 세상이었다. 돈 많고 직업이 괜찮은 사람, 여행을 자주 다니며 명품을 원 없이 즐기는 사람, 그리고 많은 사람의 잦은 관심을 받는 사람들까지. 누가 봐도 행복해 보이는 사람들이었다.

그런 사람들을 보며 나는 맹목적으로 부러워하거나 질투를 느낀 적이 많았다. 타인과의 비교의식은 나의 처지를 더욱 서글프게 했다. 그런데 알고 보면, 우리 주위에 행복해 보이는 슬픈 삐에로가 꽤 많이 있었다. 행복해 보이는 사람들도 어쩌면 각자의 슬픈 그림자를 드리우며 살아갈지 모른다. 나 자신이 가끔 삐에로가 되어 내 주위와 우리 삶의 '속 모습'을 유심히 들여다보기 시작했다.

엄마의 간병 생활 동안 내 감정을 숨기며 생활하는 경우가 많았다. 나보다 더 힘들어할 엄마, 가족, 심지어 친척들 앞에서 나는 늘 씩씩한 모습을 보여야만 했다. 병원 생활이 길어지면서, 나는 주위 사람들과의 연락을 서서히 줄였다. 그들의 평범한 삶과 달라진 나의 상황을 그다지 드러내고 싶지 않았다. 나의 감정을 털어놓고 현재 상황을 공감받을 수 있는 공간이 필요했다.

결국 나는 인스타그램에 새로운 비밀계정을 만들고 아무에게도 알리지 않았다. 그 후, 검색 창에 '건강' '보호자' '암 투병' '췌장암'이라는 단어를 검색해 보았다. 나와 처지가 비슷한 사람들이 눈에 들어왔다. 희망을 품고 살아가지만 알고 보면 슬픈 사연을 간직한 사람들. 그들의 공간에는 웃음, 기쁨, 즐거움 등의 행복도 있었지만, 반대로 상상할 수 없는 어둡고 슬픈 흔적이 군데군데 남겨져 있었다.

나는 위암 4기 환자 겸 그림책 작가 '윤지회' 님의 '사기병'이라는 계정을 우연히 알게 되었다. 어느 날 위암 진단을 받은 작가는 '내 인생에 사기 같은 병, 위암 4기', 즉 '사기병'이라는 명칭을 붙였다고 한다.

투병 중에 완성한 그림일기 책 『사기병』이 출간되었고, 나는 이 책을 읽으며 처음으로 작가의 마음에 공감했다. 그림일기 속 주인공에 작가의 생생한 투병 모습이 투영되어 있다. 아기자기하고 귀여운 삽화와 작가 특유의 유쾌함이 돋보이는 책이다. 힘들고 고통스러운 투병이지만 작가의 강한 극복 의지와 긍정적인 마음가짐이 오히려 보는 사람들에게 용기와 희망을 전해준다. 그럼에도 암 투병의 적나라한 현실과 차마 표현하지 못한 작가의 속마음이 드러나는 장면을 볼 때, 힘든 엄마의 마음을 더욱 이해할 수 있었다.

『사기병』에서 작가의 솔직한 마음을 담은 글귀가 내 마음속에 들어왔다. 사람들이 안고 사는 각자의 어려움으로 지치고 힘들지만, 어려움 속에도 변하고 자라는 모습을 마주한다는 작가의 말이 내게 위안이 되었다. 인생에 닥친 시련을 오히려 변하고 성장하는 전환점으로 여기는 작가의 생각이 무척 돋보였다.

엄마에게 책에 쓰여 있는 여러 가지 글귀를 간략하게 읽어주며 나는 말을 건넸다.

"엄마, 젊은 나이지만 항암 치료받으며 꿋꿋하게 살아가는 작가님이 있어. 엄마도 이 책에 쓰여 있는 글이 마음에 와 닿는 것 같아?"

엄마는 그동안 꼭꼭 닫아둔 마음의 창을 조금 열며 말했다.

"평소엔 일반 사람들의 말이 위로가 되지 않더라. 잘 먹고 잘 싸고 잘 자는 것이 최고 감사한 일이야. 안 겪어본 사람들은 절대 몰라. 그 작가도 나랑 생각이 똑같네."

엄마는 당신과 비슷한 상황 그리고 작가의 마음에 상당한 공감을 받으셨다. 당신만 힘든 것이 아니었다는 사실 하나로 큰 위로가 되셨나 보다.

그 뒤로 나는 작가님의 팬이 되었고, 응원하는 마음으로 매일 사기병 계정을 방문했다. 오랫동안 사진 업로드 소식이 뜸해질 때면, 걱정하는 마음도 생겼다. 나는 『사기병』을 가까운 지인에게 선물하기도 했다. 이 책을 읽고 나와 가족을 제대로 이해해주었으면 하는 마음이 컸기 때문이다. 이 책은 지금까지 나의 '인생 책'으로 여전히 내 책장 한가운데에 꽂혀 있다.

나는 병원에서 짬이 날 때마다 SNS 속 슬픈 그림자를 가진 사람들을 찾아다녔다. 희귀병을 앓고 있는 환자들, 소아암 어린이들, 젊은 암 환자들, 엄마와 같은 췌장암 환자들, 오랜 투병의 환자를 간병하는 보호자들, 그 외 요양병원에서 요양 중인 연로하신 어르신들까지……. 그들의 공간을 방문해서 마음으로 공감하며 가끔씩 용기 내어 댓글로 마음을 전하기도 했다. 때로는 아무도 모르는 내 공간에 알지 못하는 누군가가 남긴 진심의 댓글이 그 어떤 말보다 소중하게 느껴졌다. 슬픈 그림자 속 사람들은 그렇게 서로를 의지하고 있었는지도 모른다.

"인생은 멀리서 보면 희극이고, 가까이 보면 비극이다"라는 찰리 채플린의 명언이 이제야 공감된다.

얼핏 보면 장밋빛 인생으로 가득 찬 세상 같지만, 자세히 보면 슬픈 그림자의 인생이 숨어 있다. 행복만 좇는 세상이 아닌, 삶의 그림자에 먼저 다가설 줄 아는 따뜻한 마음이 가득한 세상이었으면 좋겠다.

이타심이 풍요로운 인생을 나는 살고 싶다. 지금도 힘든 시간을 보내고 있을 많은 분들이 '슬픔이라는 그림자 뒤'에 '행복'만 있었으면 좋겠다.

심장 떨리는
하루 5분의 기억

새벽 5시가 지날 무렵, 엄마의 피검사로 하루의 시작을 알린다. 정상적인 항암 진행이 가능한지 알아보기 위해, 장기적으로 항암 치료를 받는 암 환자들은 매일 아침 피검사를 받는다. 피검사를 자주 해서 가끔 팔 안쪽의 혈관이 굳어지거나, 급기야 찾을 수 없는 지경에 이르기도 한다. 그럴 때마다 간호사들이 뾰족한 바늘을 여기저기 찌르며 혈관을 찾기 위해 사투를 벌인다.

어느 날부터 멍이 시퍼렇게 든 엄마의 팔을 볼 때마다 정말 속상했다. 혈관의 국소 부위를 한 번에 찾는 간호사라도 우연히 만날 때면 안 아프다고 좋아하던 아기 같은 엄마의 모습이 아직도 생생하다.

만약 피검사에 이상이 있으면 항암은 정상적으로 진행되지 못하고 연기된다. 항암이 누적될수록 면역력이 극심하게 떨어지고, 피가 부족해 수혈까지 받아야 하는 응급 상황이 발생할 수 있다. 정상적인 항암 치료를 위해 피검사 결과 수치는 평균 이상이 되어야 한다. 혈액 채취 후, 마치 시험을 보고 성적표를 기다리는 학생처럼 마음을 졸이는 것이 일상이 되었다.

오전 7시 반에서 8시 사이, 본격적으로 의료진 회진이 시작된다. 회진을 돌 때, 주치의 외에 세 명의 의사들이 함께 병실로 들어온다. 그 모습이 마치 비장한 군단 같다. 나는 병실 문의 창을 수시로 쳐다보며, 매일 아침 거침없는 행렬의 군단을 맞이할 준비를 한다.

"똑똑, 최○○ 님."

노크 소리가 우렁차게 들리고, 병실 문이 열린다.

"안녕하세요, 컨디션은 어떠세요?"

서로 간단한 눈인사와 함께 주치의가 물었다.

"입맛 없는 것 빼고는 그럭저럭 나쁘지 않은 것 같아요."

"너무 못 드시면 항암을 하실 수가 없어요. 면역 수치(정확히 호중구 수치)가 떨어져 오늘은 항암을 못 합니다. 뭐든지 잘 드시고, 내일 오전 피검사 결과를 다시 봅시다."

"그럼 집에 빨리 못 가겠네요……."

"네, 못 가죠."

주치의는 단호하게 대답하며, 병실 밖을 재빨리 나갔다. 나는 서둘러 따라 나가면서 물었다.

"그럼 어떤 음식을 주로 드셔야 하나요? 입맛이 너무 없어서 힘들어하시는데 어떻게 해야 할까요?"

"항암 하시려면 무조건 잘 드셔야 합니다."

'무조건 잘 먹어야 한다고? 당연한 답변 아닌가?'

나는 속으로 조금 화가 났다. 엄마는 늘 이야기하셨다. 당신도 이것저것 골고루 음식을 먹고 싶은데, 속에서 도저히 받지 않는다고 했다.

항암 3차가 넘어갈 무렵, 엄마는 병원에 도착하자마자 병원 냄새가 난다고 했다. 끼니때마다 병실 복도로 올라오는 병원 밥차 냄새만 맡아도 속이 울렁거려서 힘들어하셨다. 내가 무엇이든 가리지 말고 먹어야 한다고 말할 때마다 엄마는 속이 울렁거린다며 힘들다고 호소했다. 몸은 거부하는데 무조건 잘 먹어야 한다는 이 지독한 상황이 계속 반복되고 있었다. 이런저런 상황들이 떠오르니, 주치의의 당연한 한마디가 나를 맥 빠지게 했다.

'자세히 상태를 물어봐 주는 것이 그렇게 어려운 일인가? 무조건 잘 먹기 힘든 상황인데 어쩌라는 거야. 저런 말은 나도 할 수 있겠다.'

매일 심장 떨리며 기다렸던 회진 시간인데, 이 시간은 3분도 채 되지 않았다.

'저녁때 회진이 있으니, 그때 상태를 자세히 말씀드려야겠다.'

치밀어 오르는 감정을 겨우 억누르고 다시 병실로 들어왔다. 멍하니 앉아 있는 엄마의 뒷모습이 눈에 띄었다.

"엄마, 내가 자세히 물어보니까, 면역 수치 빼고는 다 괜찮대. 단백질 위주로 오늘 하루 세끼 잘 먹으면, 면역 수치가 올라가서 항암 바로 시작할 수 있대. 그러니까 너무 걱정하지 마. 엄마 먹고 싶은 거 내가 다 준비해올게."

"고기 먹어야 한대? 그럼 보쌈이라도 사다가 조금 먹어볼까?"

"그래그래, 엄마, 먹어야 힘 나지!"

풀이 죽어 있던 엄마는 딸의 말 한마디에 다시 힘을 내보기로 한다.

매일 오전 7시 50분에 방영하는 KBS1 TV의 「인간극장」에서 암 투병하는 모녀의 이야기를 본 적이 있다. 친정엄마는 시한부 6개월을 선고받은 늑막암 말기 환자, 딸은 5년간 항암 치료 후 전이가 된 유방암 환자였다. 모녀는 병원에서 생을 마감하고 싶지 않다며 충남 태안으로 내려가 농사를 짓고 꽃도 기르며 함께 생활했다. 「인간극장」을 즐겨보는 엄마와 나는 '정래 씨의 해바라기 정원' 편을 시청했다. 대부분의 장면이 감동적이었다. 그중에서 구호처럼 외친 모녀의 말이 유쾌하면서 뭉클한 울림을 주었다.

"누워 있으면 환자다. 움직이면 산다!"

"안 먹으면 죽는다. 먹어야 산다!"

엄마에게도 그 구호들이 마음에 와 닿았을까. 보쌈을 먹어야 할 것 같다고 한 엄마가 갑자기 익숙한 외침을 한다.

"안 먹으면 죽는다. 먹어야 산대……."

"맞아, 엄마! 안 먹으면 죽어. 먹어야 금방 낫는다!"

엄마와 나는 서로를 다독이며, 하루에 최선을 다해보기로 한다. 서로 응원하며 삶의 열정을 높이기로 다짐한다.

여전히 심장 떨리는 내일의 오전을 맞이하겠지만, 나는 오늘 단 하루만 생각하기로 했다. 너무나 두려워 회피하고 싶지만 그래도 항암 치료라도 받을 수 있으니 감사한 일 아닌가.

문득 TV에 나온 모녀의 구호를 '매일 따라 외쳐야겠다'는 생각이 들었다. 누군가에게는 이 구호가 그다지 큰 의미가 없는 말일지도 모른다. 이 단순한 외침은 우리 모녀의 생각을 다시 일깨워준 '삶의 구호'였다. 투병으로 힘든 많은 환자분도 이 삶의 구호를 마음 깊이 지녔으면 좋겠다. 몸과 마음이 빠르게 회복할 수 있는 '생애 처방전'이 될 수 있기 때문이다.

아침에 눈을 뜨면 어김없이 하루 5분이라는 짧은 회진 시간이 찾아올 것이다. 나는 더 이상 심장 떨려 하지 않기로 했다. 담담하게 마주할 것이다. 엄마와 나는 삶의 구호를 외치며 하루 24시간을 씩씩하게 보낼 것이다. 엄마가 무사히 치료를 받고 집으로 돌아가 편하게 「인간극장」을 시청하는 모습을 떠올려 본다. 그 모습을 떠올리니 마음이 참 행복하다.

아이스 아메리카노 한 잔에 취하다

나는 하루에 커피 한 잔을 마신다. 특히 아침에 일어나서 마시는 모닝커피를 좋아한다. 커피를 마시지 않으면 하루 종일 정신이 멍하다. 아침에 은은하게 풍겨오는 커피 향이 코끝을 스칠 때 기분이 참 좋다. 회사원 시절, 매일 아침에 커피를 마시며 하루의 업무를 시작했다. 커피의 카페인이 온몸을 타고 잠들어 있는 모든 세포를 깨워준다. 모닝커피 한 잔이면 충분할 텐데, 점심 식사 후에 마신 적도 많았다.

카페에 가면 다양한 메뉴들이 날 기다리고 있지만, 망설이다 고른 메뉴는 결국 커피였다. 단맛을 좋아하지 않아서 "쓰디쓴 사약을 마신다"라고 농담을 하며 커피를 즐겨 마셨다. 다행인 것은, 나는 커피를 많이 마셔도 수면에 아무 지장이 없다는 것이다. 그러나 가끔씩 심장이 두근거리고 두통이 오는 증상이 있다. 무엇이든지 과유불급인 셈이다. 의식적으로 커피를 지나치게 마시는 습관을 조금씩 자제하기 시작했다.

잦은 병원 생활로 나는 잠을 충분히 자지 못하고, 선잠을 자는 경우가 많았다. 멍한 정신을 깨우기 위해 매일 오전 8시, 병원 지하에 있는 카페에 간다.

"아이스 아메리카노 한 잔 주세요. 커피 한 샷만 빼서 연하게 주세요."

매일 같은 시간에 같은 메뉴를 주문한다. 아침에 따뜻한 커피를 마실 법도 한데, 정신을 붙들기 위해 내가 선택한 것은 '아이스 아메리카노'였다.

요즘 '얼죽아'라는 말을 많이 한다. 알고 보면 내가 진정한 얼죽아다. 얼죽아란 '얼어 죽어도 아이스'의 줄임말로 추운 날에도 아이스 음료만 먹는 것을 의미한다. 생각해보니, 나는 대학생 때부터 한겨울에도 아이스 아메리카노를 마셨다. 몸에 열이 많은 편이다 보니, 자연스럽게 아이스 아메리카노를 자주 찾은 셈이다. 친구들이 추운 날에도 아이스 아메리카노를 손에 들고 다니는 나를 보며 한마디씩한다.

"얼어 죽을 것같이 추운 날씨에 무슨 아이스 아메리카노야!"

"왠지 알아? 겉은 차갑지만 알고 보면 속이 뜨거운 여자라서 그래."

그럴 때마다 나는 너스레를 떨며 대답했다. 속이 뜨거운 여자는 지금까지도 '얼죽아'로 지내고 있다.

병실로 아이스 아메리카노를 들고 온 나를 보며 엄마는 늘 이렇게 말씀하셨다.

"아침부터 커피 마시면 속 버려. 차라리 따뜻한 차를 마시지."

얼음 가득한 아메리카노를 벌컥벌컥 마시는 딸을 보니 엄마도 걱정이 되셨나 보다. 사실, 아이스 아메리카노같이 차가운 음료나 음식은 건강에 좋지 않다. 특히 내장기관에 좋지 않은데, 찬 음식을 자주 먹으면 장의 소화 기능이 떨어진다. 속이 냉해지면 체온이 떨어지고, 이는 면역력이 떨어지는 원인이 된다. 건강에 관한 기사를 자주 접해서 차가운 음료를 자제해야 한다는 사실을 머리로는 알고 있다.

이미 길들여진 습관은 참 무서운 법. 커피의 매력에 빠진 뒤로 여전히 끊을 수 없는 마약 같은 존재가 되었다. 습관을 바꾸기 위해 오전에 따뜻한 커피를 마신 적도 있었다. 계속 마시다 보면 결국 목구멍을 타고 입 안 전체가 데워지는 느낌이다. 급기야 머릿속부터 뜨끈한 기운이 올라와서 얼른 차가운 얼음으로 식히고 싶어진다. 결국 나는 아이스 아메리카노를 다시 주문하러 간다. 나의 못 말리는 아이스 아메리카노에 대한 사랑은 병원에서도 계속되었다.

어느 날, 지인인 한 언니가 카톡으로 모바일 상품권(기프티콘)을 보내주었다. 모바일 상품권은 아이스 아메리카노와 케이크 세트였다. 서로 안부를 주고받다가 현재 내가 생활하고 있는 병원에 스타벅스가 새로 들어온다고 전한 내 말을 세심하게 기억했던 것이다. 오전에 스타벅스에 가서 사용하라고 준 상품권이 어찌나 반갑고 고마웠는지 모른다.

아침 회진이 끝나고 나는 새로 생긴 스타벅스로 곧장 달려갔다. 뿌듯하게 기프티콘을 사용하며 자리에 앉았다. 이른 시각, 사람이 거의 없는 한가한 공간은 갓 내린 원두의 향으로 가득했다.

잠시 자리에 앉아 커피의 진한 향에 취해본다. 그리고 한 모금을 빨아들인다. 입 안을 타고 가슴 전체에 커피 파도가 출렁이는 듯, 온몸을 시원하게 쓸어준다. 밤새 꺼져 있던 머릿속에서 환한 불이 하나둘씩 켜진다. 신비한 커피 각성제는 눈을 번쩍 뜨이게 하고 하루의 일과를 시작하게 해준다.

15분 동안 자리에 앉아 아이스 아메리카노 한 잔에 충분히 취해본다. 아침에 아이스 아메리카노 한 잔이 주는 힘은 대단하다. 나의 온몸을 시원하게 해주고, 지치고 피곤해서 털썩 주저앉을 것 같은 심신을 잡아준다. 지난 새벽 잠시 처져 있던 우울한 기분에서 생생한 기분으로 바꾸어준다.

평소 나는 "아이스 아메리카노는 내 유일한 낙이야"라는 말을 자주 한다. '낙'이라는 말은 살면서 느끼는 즐거움이나 재미 또는 고통 없이 편안히 지내는 즐거움을 뜻하는 단어다. 내 유일한 '낙'이 알고 보니 아이스 아메리카노였다니. 매일 하루를 버티게 해주는 존재,

번쩍 등장해서 반짝이는 하루를 보내게 해주는 마술사. 이런 아이스 아메리카노를 내가 어떻게 사랑하지 않을 수 있을까.

"아메리카노 좋아 좋아 좋아, 아메리카노 진해 진해 진해
어떻게 하노 시럽 시럽 시럽, 빼고 주세요 빼고 주세요."

여름이 다가오면 가수 10cm의 「아메리카노」라는 노래를 흥얼거리며 자주 듣는다. 노랫말을 보더라도 마치 내가 쓴 가사 같다. 아이스 아메리카노 한잔에 취하며 느낀 즐거움이 고스란히 전해진다. 소소한 즐거움을 담고 깊이 즐기고 느낄 수 있어서 참 좋다.

매일 아침을 상상하면 커피의 진한 향기가 벌써부터 코끝에서 느껴지는 것 같다. 지금도 아이스 아메리카노 한잔에 흠뻑 취하고 싶다. 이것이 바로 '행복 한잔'에 취하는 내 일상의 유일한 '낙'이다.

2부

혼돈

어지러운
소용돌이

불러도 불러도
눈물 나는 이름 '엄마'

강경수 작가의 그림책 『나의 엄마』는, '엄마'라는 글자가 계속 반복된다. 노란색 바탕의 표지에 엄마와 딸이 손을 잡고 있는 그림이 있다. 엄마가 그려 있는 그림에 걸쳐 있는 띠지를 걷어내면 아이의 그림으로 바뀐다. 엄마와 딸, 그리고 딸과 딸의 아이. 딸 곁에는 든든한 엄마가 있고, 시간이 지나 딸도 든든한 엄마가 되어간다. 엄마와 딸은 단단한 끈으로 이어져 연속된 관계를 이어간다.

'엄마'라는 단어는 '세상에서 가장 위대한 존재'라는 수식어가 가히 아깝지 않을 정도다. 어릴 적 엄마의 뒷모습은 참 커다랗고 든든하게 보였다. 어느덧 시간이 흘러 내 눈앞에 마르고 왜소해진 엄마의 뒷모습만 남아 있다. 가끔 한없이 작아진 뒷모습을 볼 때, 순간 울컥해지며 가슴이 아려온다.

엄마는 아버지가 돌아가신 이후 매우 힘들어하셨다. 수면장애가 심해져 새벽에는 잠을 잘 못 주무시는 날이 많았다. 수면제를 먹은 날에는 겨우 잠이 들었지만, 낮 생활에 지장이 많아 약 복용도 중단했다.

배우자의 죽음이 부모의 죽음보다 심한 우울증과 스트레스를 불러일으킨다는 기사를 본 적이 있다. 평생 아버지에게 의지해온 엄마는 홀로 공허함과 외로움을 달래며 힘든 시간을 보내셨다. 아버지가 돌아가신 해에 나는 미국으로 연수를 떠났다. 남동생은 군대를 갔다. 아무도 없는 동안 엄마는 과연 어떤 심정으로 하루하루를 버티셨을까. 엄마의 과거 시간들을 새삼 돌이켜보면서 가장 힘들었던 시간을 함께해주지 못해 정말 미안했다.

어느 날 아침, 나는 엄마의 화장대에서 메모지 한 장을 발견했다. 메모 한쪽에 시장 볼 품목들이 빼곡히 적혀 있었다. 통장을 정리하며 계산을 한 숫자들도 여기저기 적혀 있었다. 잠이 오지 않을 때마다 남긴 흔적들로 가득하다. 엄마는 그동안 얼마나 길고 외로운 밤을 홀로 보내온 것일까. 자식 두 명과 꿋꿋하게 살아야 할 앞으로의 현실을 두려움과 걱정을 동여매고 오랫동안 긴 시간을 견뎌오셨다.

비록 밤잠을 설치고 아침을 맞이했지만, 엄마는 일어나서 따뜻한 밥을 늘 정성스럽게 차려주셨다. 식재료에 아낌없이 투자하는 엄마는 유기농 식품점을 자주 다니셨다. 끼니때마다 압력밥솥에 흑미로

밥을 지으셨다. 시금치와 콩나물에 참기름과 깨소금을 뿌리며 살근살근 손으로 버무린 후 접시에 담아내셨다.

"엄마, 나물이 질리지도 않아?"

"양평에 산나물이 많잖아. 어렸을 때부터 나물을 자주 먹어서 그런지 안 질리네."

엄마는 갓 버무린 나물을 맛있게 드시며 대답했다. 엄마는 아욱된장국을 무척 좋아하셨다. 시골 된장을 풀고 부드러운 아욱을 넣어 팔팔 끓인 된장국이 자주 밥상에 올려졌다. 나도 그 맛에 길들여졌는지 지금까지 그 국을 제일 좋아한다. 먹을 때마다 속이 편해지는 것 같다.

식용유 대신 들기름에 두부를 부쳐 김치와 함께 푹 끓인 두부김치는 얼마나 감칠맛이 나는지. 왜 이 세상에서 엄마가 만들어준 음식은 모두 다 맛있는 것일까. 지금도 엄마가 끓여준 아욱 된장국과 두부김치가 생각날 때가 많다.

엄마가 투병하면서 항암을 끝낸 뒤에 힘든 몸을 이끌고 이 음식들을 해주신 적이 종종 있다. 항암 동안에는 근육이 많이 빠지기 때문에 서 있는 것조차 힘들 때가 많다. 그럼에도 엄마는 자식에게 집밥을 먹이고 싶은 강한 모성애로 음식을 만드셨다. 엄마는 항암 부작용으로 미각을 잃어 음식 맛을 거의 못 느끼셨다. 음식을 하고 난 뒤, 나에게 항상 음식의 간을 보게 했다.

"이게 무슨 맛이니? 짠가? 싱겁나?"

"아니야, 엄마. 딱 좋아. 맛있어."

엄마의 손맛은 마치 정확히 잰 계량스푼 같았다. '엄마표 맛'은 늘 변함이 없었다. 엄마의 손맛도 훌륭하지만, 엄마를 훨씬 훌륭하게 만들어준 것이 있었다. 바로 엄마의 '인품'이었다. 엄마를 생각하면 '아낌없이 주는 나무'가 떠오른다. 음식을 할 때면 양을 넉넉하게 해 풍족하게 사람들을 대접했다. 엄마가 아꼈던 물품도 필요한 사람들에게 아낌없이 전해주었다. 어느 날은 엄마가 내게 커피와 빵을 사오라고 하셨다. 경비실에 가서 말을 건네셨다.

"1201호예요. 제가 이번에 병원에 들어가면 조금 오래 있을 것 같아요. 이번 주 분리수거만 부탁드릴게요. 커피랑 빵, 맛있게 드세요. 감사해요, 아저씨."

경비 아저씨의 도움이 미안했는지 엄마는 늘 커피와 빵을 전해드렸다. 명절 때도 잊지 않고 경비 아저씨께 자그마한 선물을 챙기셨다. 병원에 입원해 있는 동안, 엄마는 나에게 떡을 주문하라고 말씀하셨다. 매주 만나 고생하는 B관 신관 6층 간호사들을 위해 떡과 커피를 주고 싶다고 했다. 심지어 병실을 청소해주시는 분들에게도 음료와 간식을 챙겨주시기도 했다.

엄마는 많은 사람에게 베푸는 것을 좋아하셨고, 그 자체를 진심으로 기뻐하셨다. 내 눈에 비친 엄마는 '아낌없이 주는 나무'가 틀림없었다. 엄마의 배려심 깊은 마음을 나는 가장 존경하고 닮고 싶다.

엄마에게 잘 어울리는 수식어 하나가 더 있다. 청결한 성격 때문에 별명이 '깔끔쟁이 최 여사'다. 매일 집 안을 환기하고, 청소하셨다. 엄마는 청소하는 것이 '취미'라고 말씀하실 정도로 깨끗하게 집 안을 가꾸셨다. 내가 퇴근하고 집에 들어가면 마치 호텔 방에 있는 것처럼, 모든 것이 청결하게 정돈되어 있었다.

지나치게 깔끔한 성격 때문에 나는 피곤할 때도 많았다. 엄마는 흐트러져 있는 모습을 싫어하셨고, 향에 굉장히 민감하셨다. 이런 엄마의 성향으로 스트레스도 참 많이 받았다. 시간이 지나 생각해 보니, 엄마의 깔끔한 성격으로 온 가족이 쾌적한 집에서 편하게 쉴 수 있었다.

내가 막상 결혼해 보니 엄마가 참 위대해 보이고 감사하게 느껴진다. 신기한 것은 결혼 후 엄마만큼 완벽하지는 않지만, 나도 나름의 청결을 중요하게 여기는 성격이라는 사실을 알게 되었다. 나는 깔끔쟁이 최 여사의 딸이 맞나 보다.

내가 좋아하는 노래 중에 이문세의 「기억이란 사랑보다」가 문득 생각난다.

"기억이란 사랑보다 더 슬퍼."

아무렇지 않은 듯 일상을 보내다가 갑자기 엄마의 기억이 떠오르는 순간이 있다. 부엌에서 설거지를 하다가 문득 엄마가 "식초를 먼저 뿌려 놓아야 음식의 찌든 때를 걷어낼 수 있어"라는 말이 들리는 것 같다. 또 TV를 켜고 홈쇼핑을 보다가 엄마가 마치 "지금 공영쇼핑에서 방송하는 것 틀어봐. 옷 한 벌만 주문할까?" 하며 나에게 청하는 목소리가 들리는 것 같다.

노래 가사처럼, 엄마를 떠올리게 하는 기억은 여전히 나를 슬프게 한다. 기억의 슬픔은 어느새 눈물로 번져 있다. 매일 불러도 불러도 눈물 나는 이름 '엄마.' 엄마와의 모든 추억은 기억이 되고, 기억은 내 삶의 지울 수 없는 소중한 보물이 되었다. 소중한 보물은 지금까지 사랑으로 가득 차 있다.

아픔을 대신해주지 못한 또 다른 아픔

나의 대표적인 감기 증상은 열이 급격히 오르고 몸이 추워지는 것이다. 면역력이 급격하게 떨어진 나는 약을 챙겨 먹고 잠을 청한다. 잠을 자면서도 몸이 떨리고, 알 수 없는 근육통까지 일어나 온몸이 쑤신다. 가끔 입 밖으로 끙끙 소리가 날 정도로 몸 전체가 괴롭다. 몸이 아플 때는 아무리 눈앞에 닥친 일이 많더라도 도저히 할 수가 없다. 그야말로 '녹다운'된 셈이다. 몸이 아프니 배고픔도 모르고 밥맛도 사라진다. 기분마저 울적해진다.

이렇게 아프고 나서야 건강의 중요성을 새삼 깨닫는다. 건강 관리를 잘해야겠다는 다짐이 저절로 나온다. 내 몸 하나가 아프면 일상의 모든 것이 멈춘다. 몸이 아플 때가 제일 괴롭고 힘든 법이다. 하지만 본인의 아픔만큼 힘든 '또 다른 아픔'이 있다. 그것은 바로 아픈 사람의 아픔을 대신하지 못하고 지켜볼 수밖에 없다는 것이다.

주변에 결혼하고 아이가 생기면서 육아를 하는 친구들이 많아졌다. 아이의 엄마로 성장하고 있는 것이다. 저마다 사랑스러운 아이들 사진이 SNS에 종종 올라온다. 엄마들은 아이들이 예쁘지만 세상에서 육아만큼 힘든 것이 없다고 토로한다. 아이를 돌보게 되면서 잠은 늘 부족하고, 개인적인 시간을 갖기 힘들기 때문이다. 하루 24시간을 아이와 계속 붙어 있다 보면, 자신도 모르게 우울해진다고 이야기한다.

문득 환자 보호자인 나와 육아 맘의 공통적인 사항을 발견하게 되었다. '사람을 보살피는 것'이라는 사실이다. 육아 맘은 아이를, 나는 친정엄마를 보살피고 있다. 여기서 육아 맘과 보호자의 차이점을 생각해 보니, 바로 '빛과 그림자'에 있었다. 아무리 육아가 고되고 힘들어도 "아이 키우는 맛에 살아요"라고 엄마들은 말한다.

내 눈에 비친 아이들의 모습도 참 싱그럽고 빛이 난다. 어린아이를 세심하게 돌보고, 그들의 성장을 지켜보는 기쁨은 이루 말할 수 없을 것이다. 세상에서 가장 환한 '빛'의 아이들을 돌보며 함께하는 것이니까.

그에 비해 환자 보호자는 아픈 사람들이 간직한 '그림자'를 함께 밟고 있다. 이것이 바로 육아 맘과 다른 점이다. 환자의 투병 생활이 길어지면, 슬픔과 아픔의 순간을 더 자주 만나게 된다. 특히 '암'이라는 병 앞에서 환자와 보호자 모두 숙연해진다.

환자는 고된 항암 치료로 몸이 서서히 망가진다. 피부는 까매지고 머리카락은 무섭게 빠진다. 수저를 들면 손이 떨리고, 다리에 힘이 없어 걷는 것조차 힘들다. 거울 속에 있는 모습은 자신을 잃어버린 전혀 다른 사람의 모습이다. 복통과 설사, 변비뿐만 아니라 오심과 구토의 고통이 하루 대부분을 차지한다. 아픔의 그림자가 짙게 드리운 하루로 환자는 몸부림친다. 그 고통을 물끄러미 지켜보아야 한다는 것, 아픔을 대신해주지 못한 또 다른 아픔이 내게 생겼다.

평소 엄마는 미용실에서 머리를 예쁘게 매만지는 것을 참 좋아하셨다. 친한 미용실 아주머니는 엄마의 머리 모양을 매번 멋지게 꾸며주셨다. 엄마에게 머리카락은 참 소중한 존재였다. 그런 엄마에게 피할 수 없는 시련이 찾아왔다.

엄마는 첫 번째 항암 약제로 열세 번의 항암 치료를 힘들게 일 년을 했다. 그럼에도 림프선에 전이가 되었다. 전이가 되었다는 통보에도 사실 나는 크게 놀라지 않았다. 이미 인터넷으로 찾아본 정보로 어느 정도 마음의 준비를 하고 있었기 때문이다. 다음에 어떤 항암 약제를 쓸지 이미 예상했고, 그 약제로 여섯 차례의 항암 치료를 하기로 했다.

두 번째 항암 약제의 눈에 띄는 부작용은 바로 '탈모'였다. 머리카락이 걷잡을 수 없이 빠지기 때문에 그 모습이 보기 싫어 아예 머리를 밀어버린다는 환자들이 많았다. 나는 정보를 듣자마자 걱정이 앞섰다. 누군가는 "머리카락 좀 빠지면 어때" 하고 말할 수 있겠지만, 머리카락은 아픈 엄마의 마지막 자존심이었다.

어느 날, 15차 항암 치료를 하기 위해 입원을 했다. 엄마가 화장실로 들어간 사이, 나는 하얀 베갯잇을 보며 흠칫 놀랐다. 미용실에서 머리를 자르면 바닥에 머리카락이 떨어져 있는 것처럼 베갯잇에 머리카락이 꽤 많았다. 엄마가 그 모습을 보고 놀라실까 봐, 나는 베갯잇을 새로 갈았다. 그런 후 화장실 문을 살짝 열어 보았다. 엄마가 거울을 보고 있었다. 엄마는 놀란 슬픈 토끼 눈으로 나에게 말했다.

"이거 봐, 머리카락이 엄청 빠진다. 원래 이렇게 빠진다니?"

"엄마, 그 약이 머리카락이 많이 빠지긴 한대. 한 번에 확 빠지긴 하지만 또 금방 자란대."

"그냥, 머리를 다 밀어야 되나?"

나는 빗을 가져와 엄마의 머리를 빗겨주었다. 머리를 빗을 때마다 힘없는 머리카락이 화장실 바닥에 떨어졌다.

"베갯잇에도 빠진 머리카락이 엄청나던데. 빗질을 하면 얼마나 빠질지 보고 싶어."

엄마는 나에게 빗질을 계속해달라고 말씀하셨다. 네 번의 빗질로, 엄마는 머리카락을 모두 잃어버렸다. 그 순간, 엄마도 나도 서로 아무 말도 하지 못했다. 거울 속 민머리의 모습이 낯선지 엄마는 한참 동안 머리를 만지셨다.

그때 간호사가 들어왔다. 갑자기 엄마는 당신의 낯선 모습이 부끄러웠는지 먼저 이야기를 꺼내셨다.

"머리가 다 빠졌네요……. 완전히 저 환자 맞네요."

멋쩍어하는 엄마에게 간호사가 대답했다.

"어머니, 두상이 작으셔서 머리카락 없어도 예쁘기만 해요."

간호사의 위로도 머리카락을 잃은 엄마의 상실감을 대신해주진 못했다. 나는 엄마에게 미리 찾아본 모자들을 보여주며 말했다.

"엄마, 평소 사람들도 패션 모자를 많이 쓰잖아. 엄마도 당분간 모자 쓰면 돼."

나는 엄마가 좋아하는 핑크색에 디자인이 각기 다른 모자 세 개를 바로 주문했다. 축 처진 엄마의 모습을 보니 마음이 참 아팠다. 미용실에서 드라이기로 머리를 매만진 엄마의 예쁜 모습은 그 후로 다시 볼 수 없었다.

독한 항암 주사를 맞고 퇴원한 후 엄마는 이틀 동안 일어나지 못했다. 항암 후유증으로 열이 37.5도 이상 지속되면 응급처치가 필요했다. 저녁 무렵, 엄마가 갑자기 열이 나기 시작했다. 나는 엄마에게 해열제를 먹이고, 밤새 얼음 팩과 차가운 수건 찜질로 곁을 지켰다. 엄마는 속이 안 좋다고 하시며 새벽 내내 구토를 하셨다. 급기야 몸이 탈진된 채 힘없이 잠드셨다.

엄마의 아픔을 옆에서 지켜보며, 나는 마음이 무척 힘들었다. 반복되는 후유증에 무뎌질 때도 되었다고 생각했다. 하지만 힘든 모습을 옆에서 지켜볼 때마다 나는 또 무너졌다. 수건을 빨기 위해 화장실에 들어가 물을 틀어놓은 채 한참을 울었다.

'언제까지 이렇게 아파야 하는 것일까…….'

엄마의 아픔은 곧 내 아픔이었다.

세상에는 참 많은 아픔이 존재한다. 사람들은 각자의 아픔으로 지금도 힘들어하고 있다. 나의 경우, 경험을 통해 각인된 두 가지 아픔이 있다.

첫 번째는, 병마와 싸우는 환자들의 고통스러운 아픔이다. 특히 중증 환자들은 생사 앞에서 혼란스러움으로 인한 정신적 아픔이 매우 크다. 두 번째는, 아픈 사람들을 대신해주지 못하고 지켜봐야 하는 아픔이다. 아픈 모습을 보고 마음 아파해야 하는 시간이 지속되면, 결국 마음의 병을 얻게 된다. 환자 본인만큼은 아니겠지만 보호자도 참 고되고 아프다. 나도 모르게 마음 투병을 계속하고 있었는지도 모르겠다.

몸이 아파 힘들어하는 엄마를 볼 때마다 나는 책 한 권을 옆에 두고 마음으로 이야기했다. 바로 나태주 시인의 산문집, 『부디 아프지 마라』다. 책의 제목에는 대신 아파해 주지 못한 진심이 그대로 담겨 있다. '작가의 말'에 쓰여 있는 마지막 문구가 마음에 닿는다. 그는 다른 사람들의 안부를 늘 궁금해하고 그들의 삶을 위해 기원한다고 이야기하고 있다. 하루하루를 소중하게 사는 만큼 날마다 승리하면서 부디 아프지 않기를 바라며, 이는 자신에게도 하는 부탁이라는 말로 여운을 남긴다.

삶의 아픔을 홀로 견디는 것만큼 힘든 것은 그 아픔을 대신해줄 수 없다는 것이다. 그러니 부디 아프지 마라. 누구에게나 아픔 없는 인생은 없겠지만, 이왕이면 아픔이 조금 덜하고, 아픔이 더 희미해진 삶을 살았으면 좋겠다. 나에게도, 당신에게도.

세상에서 가장 아름다운 동행

혼자 하는 산책은 참 매력 있다. 걷다 보면 함께하는 친구들이 있기 때문이다. 키 큰 나무들, 귀를 정화해주는 새소리, 초록빛 잔디 그리고 코끝을 스치는 흙의 따뜻한 향기……. 모든 것의 평화로운 조화가 나를 외롭지 않고 편안하게 해준다.

가끔 마음이 복잡하거나 심란할 때면 나는 몸을 일으켜 가까운 공원으로 간다. 자연의 힘은 참 신기하다. 자연의 품속으로 들어가면 언제 그랬냐는 듯이 불안정하게 철썩이는 감정의 파도가 가라앉는다. 자연과 함께하는 동행은 지친 심신의 세포를 다시 깨어나게 해준다.

남편과 함께하는 산책도 즐겁다. 주말 아침, 여유 있게 브런치를 챙겨 먹고 길을 나선다. 집을 떠나 서울 근교에 도착하면 마치 다른 세상에 온 것 같다. 어느 날, 차를 몰고 가다가 우연히 발견한 커피숍에 들렀다. 커피숍 주변이 마치 이국적인 분위기의 정원 같았다. 남편과 커피를 마시고 주위를 걸으니 혼자 산책할 때와 또 다른 기분이 든다. 눈앞에 펼쳐진 멋진 장면을 함께 보고 커피를 마시며 도란도란 이야기하는 시간, 즐거움이 배가되는 기분이다. 남편과의 동행은 서로에 대한 사랑을 재확인시켜준다. 세상에서 가장 즐거운 동행이다.

남편과 산책하는 시간이 내겐 많이 주어지지 않았다. 결혼 후 약 1년 7개월 동안 대부분의 시간을 엄마와 함께 보냈기 때문이다. 한 달 중 12일은 병원에서 나와 집에서 휴식을 취했다. 퇴원하고 엄마는 3일 정도 항암 후유증을 가장 심하게 겪었다.

날씨 좋은 날, 빠른 컨디션 회복을 위해 엄마와 산책을 한다. 밖에 나갈 때마다 엄마는 핑크색 모자를 눌러쓴다. 편안한 신발을 신고 세상 밖으로 외출한다.

"날씨 참 좋다야. 오늘은 미세먼지가 별로 없네."

답답한 병원과 집에서 막 벗어났을 뿐인데 엄마 목소리에 설렘이 가득하다. 오랜 항암 치료로 근육이 빠져 다리가 후들거렸지만 엄마는 용기를 내어 걸어본다. 나는 엄마가 혹시라도 넘어질까 봐 걱정스러운 마음에 팔짱을 살짝 껴본다. 엄마는 혼자 걷고 싶은지, 팔짱 낀 내 손을 살며시 내려놓는다.

"엄마, 조심히 걸어야 해."

나는 엄마의 걸음에 눈을 떼지 못한다. 엄마는 걷다가 힘든지 갑자기 주저앉는다. 잠시 쉬다가 다시 일어나서 걷는다. 마치 아기들이 걸음마 하듯 엄마는 힘겹게 한 걸음 한 걸음 내디딘다.

집에서 10분 거리에 아파트에서는 보기 드문 산책길이 나온다. 길옆에는 시냇물이 흐르고, 큰 나무들이 가지런히 늘어서 있다. 꽃과 나무가 햇살을 받으며 특유의 생기를 뽐낸다. 처음 걸을 때는 힘들어했지만 시간이 지나면서 엄마의 발걸음은 가벼워 보인다. 그때 갑자기 엄마의 핸드폰이 울린다.

"응, 나 지금 우리 딸이랑 운동하고 있지. 내가 맨날 누워만 있을까 봐?"

엄마는 친한 아주머니로부터 걸려 온 전화를 밝은 목소리로 받는다. 통화가 길어지면, 나는 엄마 주변을 맴돌며 걷는다. 핸드폰을 꺼내 자연스럽게 사진을 찍기 시작한다.

아프기 전의 엄마는 적극적으로 포즈를 취할 정도로 사진 찍히기를 좋아하셨다. 그러나 투병하는 동안, 점점 변해 가는 당신의 모습을 더 이상 보고 싶어 하지 않으셨다. 그 뒤로 사진 찍히는 것을 꺼려 하셨다.

엄마의 만류에도 나는 엄마의 매 순간을 간직하고 싶어 엄마가 통화할 때마다 그 모습을 몰래 찍는다. 산책길을 따라 걷는 엄마의 뒷모습도 담는다. 화사한 분홍색 모자를 쓴 엄마는 더 이상 암 환자가 아니었다. 아프기 전의 건강한 모습 그대로다. 환한 웃음을 머금은 소녀가 내 앞에 있다. 소녀 같은 엄마의 모습이 지금까지 잊히지 않는다.

"엄마, 안 힘들어? 근처에 있는 카페에 가서 주스 마실까?"

"한 바퀴만 더 돌까 봐."

엄마에게 마음의 근육이 생겼나 보다. 오늘을 가장 의욕 넘치게 살고 싶은 것처럼 보인다. 마치 윤활유처럼 기분 좋아지는 행복 호르몬이 엄마의 온몸을 감싸며 돌고 있는 것이 분명했다. 휴식을 취하며 의자에 잠시 앉아 있자 하얀 새 두 마리가 지나간다.

"재들 좀 봐봐, 웃긴다. 커플인가 봐. 한 마리가 자꾸 다른 한 마리를 따라다녀."

엄마는 호탕하게 웃으며 한참 동안 새들을 바라본다. 나도 덩달아 새들의 모습을 지켜본다.

"엄마, 딸이랑 함께 걸으니 좋지? 걷기 전에는 힘들어도 이렇게 나와서 산책하니 훨씬 좋지?"

"응, 엄마는 딸이 있어서 참 좋다."

오그라드는 감정 표현도 쉽게 못하는 엄마가 나에게 힘을 실어주었다. 엄마와 나는 세상에서 가장 행복한 오후를 보냈다. 안타깝게도, 엄마와의 산책은 매번 쉽게 할 수 있는 일이 아니었다. 치료가 거듭될수록 걷는 것이 점점 힘들어졌다. 3일이면 끝날 것 같은 항암 후유증은 기약 없이 길어졌다. 엄마와 나는 창문으로 산책하는 사람들을 물끄러미 지켜봐야 했다. 밖에 나갈 일이 점점 줄어들고 어려워질 무렵, 나는 문득 깨달았다. 엄마와 함께한 산책이 '세상에서 가장 아름다운 동행'이었다는 사실을.

엄마와 보낸 봄과 여름의 눈부신 산책. 두 계절이 다시 오고 혼자 산책할 때마다 옆이 왠지 허전하다. 엄마와 함께 아름다운 계절을 느끼고 웃었던 그때 그 시간들. 더 이상 존재하지 않는 그날을 나는 미리 예감이라도 했던 것일까. 엄마와 동행하는 순간들을 사진으로 남겨두길 참 잘한 것 같다. 핸드폰 사진 속 엄마는 여전히 빛나고 있다.

아름다운 동행에는 사랑하는 사람의 속도와 발맞추어 함께 걸어가는 '아름다운 마음'이 전제되어야 한다. 단순히 옆에 서서 걷는 것만이 진정한 동행은 아니다. 동행하며 서로의 마음을 확인하고 주고받는 것이 핵심이다.

만약 곁에 부모님이 계신다면 자주 뵙는 것도 중요하지만, '시간을 함께하는 것'만큼 특별한 것은 없다. 우리는 그 시간마저도 자신에게 쏟는 경우가 많다. 부모님 생신 때 레스토랑을 예약해서 함께 식사하는 것도 좋다.

그보다 평소 '평범한 일상을 함께하는 것'을 나는 더 소중하게 느낀다. 돌아가신 아버지의 경우 영화 보는 것을 참 좋아하셨다. 가끔 영화관에 함께 가자고 말씀하셨는데 모질게도 나는 단 한 번도 가지 않았다. 부모님과 평범한 시간을 자주 보내지 못한 후회보다, 생각만 하고 함께하지 않으려던 내 마음이 가장 후회스럽다.

날씨 좋은 날 부모님의 팔짱을 끼고 함께 산책하는 것은, 참 자연스러운 동행의 장면이다. 천천히 길을 걸으며 그동안 나누지 못했던 마음의 대화를 전한다. 호흡하며 계절을 느끼고 아름다운 세상을 함께 바라본다. 부모님과의 평범한 일상 동행은 인생에서 가장 가슴 벅찬 순간으로 영원히 기억될 것이다. 그 순간은 영영 돌아오지 않을 후회의 시간이 될 수 있다.

부모님과 '세상에서 가장 아름다운 동행'의 시간을 당신도 자주 보냈으면 좋겠다. 함께 걷는 길이 얼마나 따뜻하고 눈물 나게 행복한 것인지를 느끼면서……. 부모님과의 동행은 삶에서 가장 울림 있는 인생의 명장면이 되어 있을 것이다.

그렇게 이야기해서 미안해

"입술의 30초가 가슴의 30년이 된다."

어느 기사에서 이 글귀를 본 적 있다. 이 짧은 글귀는 지금까지 내 마음속 깊은 공감으로 남아 있다. 그동안 살면서 나는 가장 큰 '후회'를 한 적이 있다. 바로 마음과 다르게 불쑥 튀어나온 '말'에 관련된 일이다. '말' 한마디로 평생 마음의 '빚'을 지고 있는 셈이다.

제대로 전달된 말이라도 비뚤어진 '말투'로 인해 상대방의 기분을 상하게 하고 오해를 낳을 수 있다. 우리가 주고받은 '말'은 감정의 희로애락과 연결된다. '말'은 사실을 전달하기도 하지만 마음을 대변해주는 매개체이다. 우리는 어쩌면 의식하지 못하고 내뱉은 수많은 말들로 후회를 계속 되뇌며 살아가고 있을지도 모른다. 지금 내가 느끼고 있는 가슴의 30년처럼.

후회의 순간을 더듬어보니 그 순간은 상대방에 대한 미안함으로 얼룩져 있었다.

어느 날, 친구는 나에게 회사와 연애에 대한 고민을 털어놓았다. 자세히 들어보니 친구는 회사에서 손발이 잘 맞지 않은 사람들과 지속적으로 일해야 하는 어려움을 겪고 있었다. 게다가 지나친 개인주의 성향이 돋보이는 남자 친구와의 관계까지…….

그녀는 일과 연애에 운이 없는 것 같다고 이야기했다. 말하는 도중 쓴웃음을 짓기도, 눈에 눈물이 살짝 고이기도 했다. 그동안의 마음고생이 표정에 고스란히 담겨 있었다. 그녀의 사연 중, 나도 모르게 울컥한 부분도 있어서 마음이 좋지 않았다.

"그 사람들 참 이해가 안 되네. 어떻게 너한테 그런 말을 했대?"

"그러니까. 원래부터 나랑 코드가 별로 안 맞았어."

내가 공감하기 시작하니 그녀는 그동안의 일들을 하나둘씩 덧붙이기 시작했다. 귀를 기울여 한참 동안 들었다. 나도 모르게 제3자의 관점이 자연스럽게 흘러나왔다. 비록 나는 친구의 편에서 이야기를 들어주었지만, 사연에 등장한 다른 인물들이 무조건 문제가 있다고 판단되지는 않았다.

"갑자기 든 생각인데, 그 동료도 너의 어떤 면이 마음에 들지 않아서 그렇게 행동한 것은 아닐까?"

"그럴 수도 있는데, 그 사람 자체가 특이한 것 같아."

정확한 상황 파악을 하기 위해 넌지시 묻는 질문에, 그녀는 잠시 머뭇거리더니 단호하게 대답했다. 남자 친구와 관련한 대화도 마찬가지였다.

"내 생각에 그 남자는 너에게 호감은 있으나, 너와 계속 지내면서 마음이 더 커지지는 않았던 것 같아."

당시 나는 객관적인 조언을 나름대로 잘해주었다고 생각했다. 시간이 지나면서 내 위주로 생각한 조언이, 상대방에게 서운함과 상처로 남아 있었다는 것을 알게 되었다.

그러고 난 뒤, 고민을 털어놓은 친구와 술 한잔 걸치면서 저녁 식사할 기회가 있었다. 그녀가 이야기 도중에 이런 말을 했다.

"너 가끔 선생님 같은 말투가 있어. 너한테 지난번 회사와 남자 친구에 대한 이야기를 들었을 때, 나 혼나는 느낌이었어."

그녀는 웃으며 당시 기분을 고백했다. 처음에는 그녀의 그 말을 별생각 없이 들었는데, 그 후 그녀와 이야기할 때마다 내가 말투에 굉장히 신경 쓰고 있다는 사실을 알게 되었다. 그녀의 서운한 고백이 계속 마음 쓰였던 것이다.

어떤 상황이든 친구의 고민에 진심 어린 최선을 다하는 방법은 '따뜻한 말 한마디 속 공감'이었다. 그리고 '감정의 어루만짐'이었다. 굳이 사실을 따져가며 힘든 친구의 마음을 두 번 후벼 팔 필요는 없었던 것이다. 물론 상대방이 어떠한 중대한 결정을 앞두고 있을 때라면 나의 정의로운 조언이 빛을 발할 수도 있을 것이다. 하지만 마음의 위로가 필요한 순간에는 잠시 접어두는 것도 좋다.

나도 모르게 불쑥 나오는 '선생님 말투'는 가장 가까운 가족에게 더욱 발휘되었다. 현재 요식업에 종사하고 있는 남동생은 어렸을 때부터 요리사가 꿈이었다. 비록 '스타 셰프'라는 화려한 간판은 달지 못했지만, 섬세한 손맛과 꾸준한 성실함으로 경력을 묵묵히 쌓아왔다.

3년 전, 동생은 꿈에 그리던 와인 바를 열었다. 셰프에서 사장님으로 변신한 셈이다. 남동생이 그동안 요리에만 집중해 왔다면, 사장님이 되면서부터 가게 운영을 위한 모든 것을 알고 있어야 했다. 나름 큰 자금을 쏟아부은 사업이라 가족인 나도 결코 모른 척할 수 없었다.

가게를 열기 전, 동생과 이것저것 알아보며 준비를 도왔다. 인테리어 일을 하고 있는 남편도 전력을 다해 도와주었다. 그 준비 기간에 동생과 일로 엮인 것은 처음이었다. 성격이 급하고 계획주의자 성향인 나와 달리, 동생은 느긋하고 현재에 최선을 다하는 성향이었다. 회사 경험이 있고 부지런 떠는 타입의 나는, 세심한 동생의 거북이 같은 성향이 무척 답답하게 느껴졌다.

어느 날, 동생이 만든 음식 평을 한 적이 있었다. 음식은 고객에게 선보이는 중요한 사항이므로 나는 신중하게 먹어보고 평가했다. 비록 완벽한 미식가는 아니었지만, 최대한 고객의 관점에서 이야기해주고 싶었다.

"이 콜드 파스타를 메인으로 하기에는 무리가 있지 않을까."

"비주얼이 조금 허전해 보이지 않냐."

요리에 자부심이 있는 남동생은 내 의견을 못마땅해했다. 나는 수용하지 않으려는 남동생의 태도가 오히려 못마땅했다. 가게를 열기 위해 준비하는 과정에서 서로 쌓여 있던 마음들이 결국 폭발하고 말았다. 어릴 때 한 번도 싸운 적 없는 남매는 목소리를 높여 싸웠다. 나는 고집 세고 인정하지 않으려는 남동생의 태도에, 남동생은 늘 지적하는 것 같은 내 직설적인 말투에 서운함이 있었던 것이다. 동생과 나는 애매하면서 어색하게 사과를 주고받으며 일단락 지었다.

그 후로 나는 동생에게 '깊은 미안함'의 감정이 떠나지 않았다. 조금 더 격려해주고 힘을 실어주었으면 좋았을 것을, 왜 그렇게밖에 말하지 못했을까.

몸이 아픈 엄마에게도 따뜻한 말 한마디를 자주 하지 못해 참 후회스럽다. 내 몸이 아프면 만사 귀찮고 힘들어지기 마련이다. 엄마의 힘든 상황을 뻔히 알면서, 엄마의 진짜 감정을 헤아리지 못하고 짜증을 내기도 했다.

"엄마는 왜 그렇게 부정적이야? 가끔 보면 엄마 성격은 참 이기적이야."

"엄마, 그렇게 이야기하면 속 시원해? 할 말이 있고 안 할 말이 있지. 나한테 너무하다, 정말."

몸과 마음이 지친 엄마에게, 결국 나는 하고 싶은 말을 다 토해냈다. 투병하면서 환자들이 가장 어려워하는 것이 바로 '감정 조절'이다. 몸이 아프면 신경 전체가 예민해지고, 마음이 한없이 우울해지며 어두워진다. 본인 스스로도 감당하지 못한 감정이 나올 때, 이 감정은 진짜 감정이 아닐 것이다. 엄마의 감정을 잡아먹은 것은 바로 병들어 있는 현실이었다. 현실을 부정하고 싶어서 결국 평소와는 다른 신경질적인 모습을 보인다.

가끔 이해할 수 없을 정도로 엄마의 예민한 태도 앞에 내 감정이 심하게 요동쳤다. 결국 나의 공격적인 태도와 날카로운 말투는 아픈 엄마의 마음을 찌르고 말았다. 엄마는 갑자기 조용해지고 말이 없어졌다. 어색한 침묵이 감돌며, 나는 후회로 차오른 마음 때문에 또다시 힘들었다.

'엄마, 그렇게 이야기해서 미안해.'

어느 날 거울을 들여다보며 나에게 이렇게 이야기했다. 생각할수록 안타까운 것은 좋은 말보다 나 자신을 질책하는 말이 많았다는 것이다. 만족하지 못한 나의 모습을 바라보며 혹독하게 원망하고 책망했다. 뾰족한 말투는 마음마저 멍들게 했다. 나에게 보낸 냉정한 말의 화살이 다른 사람을 향할 때는 이미 되돌릴 수 없는 더 큰 상처를 입히게 될 것이다.

지금까지 살아오면서 나는 가까운 사람들에게 따뜻한 말 한마디를 제대로 전하지 못했다. 나를 위한 말이 아닌 상대방의 마음을 보듬어줄 수 있는 따뜻한 '포옹의 말.' 그 말 한마디면 위로가 되고, 지친 마음을 어루만져 주는 회복제가 될 수 있었을 텐데.

말에 조심스러움을 기한다는 것은, 상대방에 대한 예의와 배려를 기하는 것과 같다. 매일 오가는 말에 세심한 배려를 담고, 입술 밖으로 나오는 말투에 맑은 이슬을 머금을 필요가 있다. 이제 나는 누군가에게 '그렇게 이야기해줘서 고마워'라는 이야기를 자주 들을 수 있는 따뜻한 사람이 되고 싶다.

괜찮은 척했지만,
괜찮지 않은 날들

"괜찮아?"

사람들이 묻는 질문에, 사실 괜찮지 않다고 이야기할 수 있는 용기가 내게 있었으면 참 좋았을 텐데. 무슨 심리인지는 모르겠지만, 나는 매번 "괜찮아, 괜찮습니다"라고 앵무새처럼 대답하는 습관이 있다.

'이 일을 나서서 할 사람은 없겠지. 내가 조용히 처리해야겠다.'

'내가 좋지 못한 상황이라는 것을 뻔히 알고 있을 텐데, 왜 굳이 괜찮냐고 물어보지?'

나의 불필요한 책임감과 냉소적인 마음이 커져 있을 때 '괜찮다'라는 말은 더 쉽게 나왔다. 왜 나를 감추려고 영혼 없는 대답을 자주 했을까.

어릴 때부터 나는 자립심 강한 장녀였다. 할 일은 스스로 찾아서 하는 편이었다. 새로운 것에 도전할 때도 큰 두려움이 없었다. 반면에 누군가에게 도움을 청할 줄도 모르고, 도움을 받는 것에 익숙지 못했다. 학교 수업 도중 나는 궁금한 사항이 생겨도 질문하는 것을 꺼려 했다. 시간이 걸려도 혼자 답을 찾으려고 애쓰는 타입이었다. 성취욕구가 강했고 성취에 대한 보상 심리도 컸다.

어느덧 나는 타인의 시선을 점점 의식하기 시작했다. '괜찮다'라고 시작된 나의 거짓말은, 내 삶을 '괜찮게' 포장해주었다. 다른 사람들의 눈에는 내가 긍정적인 성격의 소유자로, 매사 나름 잘 풀리는 사람으로 비칠 때도 있을 것이다. 알고 보면 나에게는 괜찮지 않은 날들이 더 많았다. 홀로 속앓이를 심하게 하는 고독한 사람이었다.

어느 날 서점에서 나는 책 한 권을 만났다. 바로 임상심리학 마거릿 로빈슨 러더퍼드가 쓴 『괜찮다는 거짓말』이었다. 책 제목을 보는 순간 나의 속내를 들킨 느낌이었다. 책에 '완벽하게 숨겨진 우울'이라는 단어가 나온다. 이 단어는 통상적인 우울증 증상이 아니다. 겉으로는 완벽한 삶을 사는 것처럼 보이지만 속으로는 내면의 괴로움을 간직한 사람들의 심리를 가리킨다. 어쩌면 나도 '완벽하게 숨겨진 우울'에 시달리며 살아왔는지도 모른다.

책 1부의 '완벽하게 숨겨진 우울 이해하기'는 완벽하게 숨겨진 우울의 10가지 특성에 관한 내용이다. 그중 나의 상태를 대변해주는 몇 가지 구절이 눈에 띄었다.

'강한 또는 과도한 책임감을 느낀다.'
'자신과 주변 환경을 통제해야 한다는 걱정과 욕구를 느낀다.'
'주어진 과제에 철저히 집중하고, 자신이 가치 있다고 느끼기 위해 성취에 몰두한다.'
'타인의 안녕을 중요시하지만, 타인이 나의 내면세계에 접근하도록 허락하지 않는다.'

이러한 증상의 원인으로 '완벽주의'를 꼽고 있다. 사실 나는 스스로가 철저한 완벽주의라고 생각해본 적이 없다. 단지 내 삶에 최선을 다하며 살아왔다고 여겼을 뿐이다. 그럼에도 내가 생각하는 최선이라는 이면에, 나를 가혹하게 몰아세운 내면의 '완벽주의' 기질이 드러나 끊임없이 작용해온 것 같다. 나도 인지하지 못한 '완벽주의' 성향으로 그다지 괜찮지 않았던 시간들을 보냈는지도 모르겠다.

고등학교 졸업을 앞둔 당시, 나는 괜찮지 않았다. 애매한 수능 성적으로 나는 결국 원하는 대학을 가지 못했다. 공부를 열심히 했지만 그렇다고 빼어난 결과를 보였던 학생도 아니었다. 노량진에서 지내는 재수 생활은 나에게 결코 괜찮지 않았다. 이러한 불편한 마음을 친한 친구에게조차 제대로 보이지 못했다. 친구가 내게 안부를 물을 때마다 나는 이렇게 대답했다.

"요새 공부할 만해. 괜찮아."

어느덧 대학을 입학하고 졸업을 했다. 졸업할 무렵 아버지의 죽음으로 나는 한동안 방황했다. 내가 무엇을 해야 할지 전혀 가늠되지 않았다. 또다시 '괜찮지 않은 날들'을 보내야만 했다. 대학교 때 영어 실력이 부족하여 어학연수를 가고 싶다는 마음이 컸다. 졸업 후 엄마를 홀로 두고 나는 독하게 미국으로 연수를 떠났다. 힘들게 떠난 만큼 나는 무엇이든 잘해내고 싶었다. 낯선 땅에서 강하게 자립심을 키워야 했다. 가끔 국제전화로 엄마와 통화할 때마다 나는 애써 이야기했다.

"엄마, 나는 괜찮아. 사람들도 잘해주고 재밌어."

나는 괜찮은 딸로 위장하고, 엄마를 안심시켰다. 워낙 '괜찮다'라는 말에 익숙해졌는지, 영어를 할 때도 "I am OK"라는 말을 유독 많이 썼다. 낯선 일상에서 내게 수시로 찾아온 진짜 마음은 'I am not OK'였다.

물론 미국에서 생활하면서 괜찮은 날들도 있었다. 나는 미국 뉴욕에 있는 F.I.T.(Fashion Institute of Technology) 패션스쿨에 진학하여 AAS(Associate in Applied Science) 1년 과정을 수료했다. 비록 패션 전공자는 아니었지만, 당시 옷에 대한 관심과 열정으로 즐겁게 공부했다. 함께 사귄 친구들과 뉴욕 생활을 즐기며 신나는 경험도 많이 쌓았다.

1학기에 나는 옷감, 즉 텍스타일(textile) 관련 수업을 들을 기회가 있었다. 그때는 그 수업이 참 어려웠다. 이론적인 용어도 낯설었고 가끔씩 주어진 실습 과제를 따라가기가 매우 벅찼다.

어느 날, 중간고사 시험을 치른 뒤 결과지를 받았다. 시험지에는 이런 글이 쓰여 있었다.

'수업 끝나고 잠깐 저를 보러 오세요.'

교수님이 별도 면담을 요청하신 것이다. 수업이 끝나고 교수님 방을 방문했다. 교수님의 영어를 완벽하게 이해하지는 못했지만 대략 이런 이야기였다.

"시험 결과가 평균 이하의 점수대라 기준상 F를 줘야 할 것 같아요. 이 점수를 만회할 기회를 주고 싶은데, 주제를 줄 테니 관련 리포트를 써보는 것이 어떨까요?"

지금까지 'F'라는 점수를 받아본 적 없었는데 상당한 충격이었다. 얼굴에 가스 불이 켜진 것처럼 뜨거워지고 귀가 타오를 지경이었다. 교수님 방을 나올 무렵, 같은 수업을 듣는 친구가 내 표정을 보고 무슨 일이 있냐고 물었다.

"아무것도 아니야. 괜찮아. 내가 평소에 수업을 잘 따라가지 못하는 것을 교수님이 눈치채시고 잠깐 호출하셨어."

나는 그렇게 대답하고는 잽싸게 학교를 도망치듯 나왔다. 어린 나이에 자존심이 상했던 나는 눈물을 수도꼭지처럼 쏟아냈다. 그 누구에게도 나의 이런 모습을 들키고 싶지 않았다. 그때 내 감정에 더욱 솔직했더라면 그렇게까지 혼자 힘들어할 필요는 없었을 텐데.

누군가에게 도움을 청하는 것이 왜 그렇게 어려웠을까. 자존심은 왜 또 그렇게 내세웠을까.

미국 생활을 마치고 시작한 사회생활 역시 괜찮지 않은 날들의 연속이었다. 회사에서 사적인 감정을 쉽게 드러내면 아마추어라는 생각에 웬만하면 감정을 드러내지 않았다. 나는 사람들과 불편한 관계를 만들고 싶지 않았다. 유관 부서의 갑작스러운 요청에도 "괜찮습니다"라고 대답하며 퇴근 후까지 일을 하기도 했다. 팀에서 내 일이 많아지더라도 '그냥 내가 해야지'라는 마음으로 묵묵히 일했다. 결국 심리적, 신체적으로 크게 지쳤고, 괜찮지 않은 감정으로 괴로워했다.

엄마의 투병 생활이 시작되면서, 괜찮지 않은 날들은 더 큰 시련으로 다가왔다. 엄마가 입원해 있는 동안 나는 엄마의 친척분들과 지인분들의 전화를 대신 받아 이렇게 이야기했다.

"엄마 괜찮아? 너는 어떠니?"

"네, 조금 힘들어하시지만 괜찮아지실 거예요. 저는 괜찮아요."

엄마의 상태가 급격히 안 좋아질 때면 응급 시술로 긴급 처치를 해야 했다. 나는 주위에 알리지 않고 오롯이 혼자 두려운 마음을 달랬다. 나의 솔직한 마음을 남편과 남동생도 잘 알지 못했다. 일하는 남편과 남동생이 신경 쓸까 봐, 나는 힘든 내색도 제대로 비치지 못했다. '씩씩한 와이프 그리고 누나'의 역할을 수행하기 위해 진짜 나의 모습을 꽁꽁 숨겼다.

나는 지금이라도 홀가분하게 이렇게 이야기하고 싶다.

"괜찮은 척했지만, 괜찮지 않았어. 그동안 참 많이 힘들었거든……."

이제는 진심을 담아 '괜찮다'라는 대답을 전하며, 꽤 '괜찮은 날'들을 보내고 싶다. 그런 날들을 자주 보내기 위해 지금도 내 마음을 보듬고 달래는 중이다.

위로 같지 않은 위로

지친 일상을 보내면서 내일을 다시 살고 싶게 하는 큰 원동력이 있다. 바로 '타인의 위로'다. 온전히 나의 마음에 귀 기울여주고, 마음의 소리를 함께 듣는 순간이다. 위로의 한마디는 참 마법 같다. 듣는 순간, 마음이 더 이상 외롭지 않다. 들을수록 세상이 끝날 것 같은 하루에 찬란한 해가 서서히 떠오르는 듯하다.

"슬플 때는 울어야 된대. 그런데 왜 내가 울컥해지면서 울고 싶어지냐!"

친구의 이 한마디는 지금까지도 애틋하게 남아 있다. 어느 날 그녀와 맥주 한잔을 기울이며 이야기를 나누었다. 이야기 도중, 갑자기 눈물이 앞을 가렸다. 눈물이 난 이유가 정확히 무엇인지 기억은 잘 나지 않는다. 그녀는 나에게 왜 우느냐고 묻지 않고 나의 모습을 조용히 지켜봐 주었다.

"다 울었어? 너의 급한 성격처럼 빨리도 울다 그치네. 눈물 흘린 만큼, 마음의 짐도 다 빠져나갔을 거야."

짧고 굵은 그녀의 한마디로, 눈물과 콧물이 뒤섞여 웃어넘긴 그 날을 잊을 수가 없다. 그녀는 내 인생 한 모퉁이를 스쳐 지나간 사람이다. 안타깝게도 오래전 자연스럽게 연락이 끊겼다. 참 신기한 것은, 어른이 된 지금까지도 그 친구의 위로가 가끔 그립다는 것이다. 내가 지금까지 받은 위로 중에 가장 유쾌하고 따뜻하며 편안한 위로였기 때문이다.

'너는 어디서 무얼 하며 지내고 있니? 참 보고 싶다 친구야.'

박재규 작가가 쓴 『위로의 그림책』에 이런 글귀가 있다.

"길 잃은 어른은 길 잃은 아이만큼이나 무섭고 서럽고 슬프다."

위로가 필요한 이들의 감정을 가장 솔직하게 표현한 글이다. 나 역시 길 잃은 어른의 모습으로 오랫동안 지냈다. 길 잃은 나에게 가장 필요했던 것은 바로 위로였다. 이런 나에게 사람들은 고마운 위로를 건네주었다. 내 마음의 슬픔이 너무 컸던 탓일까, 아니면 위로에 대한 기대가 컸던 탓일까. 한때 나에게 '위로 같지 않은 위로'라고 느껴졌던 순간들이 스쳐 지나간다.

회사를 퇴사하고 엄마의 간병을 시작할 무렵, 주변 지인들이 내게 연락했다.

"소식 들었어. 뭐라고 이야기해야 할지 모르겠다. 그래도 힘내야 해!"

"어머님 괜찮으실 거야. 아직 젊으시니 금방 치료될 거야."

엄마의 투병 초기에는 나도 정신이 없었다. 나를 잊지 않고 연락해준 지인들의 걱정 어린 격려와 위로가 참 고마웠다. 시간이 지나고 나니, 이런 지인들의 안부 연락도 점차 뜸해졌다. 나 역시 고된 간병 생활로 선불리 연락할 마음의 여유가 없었다.

어느 날, 멍하니 혼자 쉴 수 있는 시간이 찾아왔다. 핸드폰을 계속 들여다봐도 막상 연락할 사람이 한 명도 없었다. 오랜만에 SNS를 보니, 지인들은 여전히 일상을 나름 잘 살아가고 있었다. 내 핸드폰 속 단체 채팅방을 보니, 어느덧 내가 사라졌음을 알게 되었다. 아마도 나의 상황을 알아차린 친구들이 새로운 채팅방을 만들어 관계를 지속하는 것 같았다. 마음으로 배려해주었다고 생각하니 고맙기도 했다. 어차피 내가 그 채팅방에 있어봤자, 공감되는 이야기를 이어가지 못했을 것이다. 그럼에도 서운한 마음이 문득 들었다.

어느 날 알고 지내는 후배 한 명이 내게 이런 말을 한 적이 있다.

"언니가 힘든 상황이니, 안부를 묻기조차 어렵더라. 생각은 했는데 쉽게 연락하지 못하겠더라."

나는 그때 생각했다.

'이런 마음마저 내가 고마워해야 하나.'

생각해보면 이해가 충분히 되는 상황이었다. 내가 후배의 입장이라도 비슷한 마음이 들었을 것 같다. 그러나 그것도 일종의 '지나친 배려'라는 생각이 들었다.

한 지인이 오랜만에 내게 연락을 했다.

"엄마 괜찮으시지? 너무 우울해하지 마. 내가 아는 유방암 환자도 항암 10차째 치료 중인데, 훨씬 좋아졌다더라."

걱정 어린 말에 나는 이런 생각이 문득 들었다.

'암 부위가 다르고 병기가 다른데, 왜 자꾸 다른 암 환자 이야기를 하고 있지? 나도 우울해지고 싶지 않다, 정말.'

타인의 관심 섞인 말들은 나에게 전혀 '위로 같지 않은 위로'로 다가왔다. 친한 친구 한 명은 참 배려 깊은 성격이었다. 어떻게 보면 오지랖이 넓은 타입이기도 했다.

"혹시 병원이 어디야? 내가 찾아갈게. 앞으로 너 쉴 때 무조건 연락해! 혼자 있으면 더 우울해져."

참 든든하고 고마운 위로의 한마디였다. 그것도 잠시, 마음 한구석에는 부담감이 작용했다. 평소의 내 상황을 인지하지 못한 채, 무조건 연락하고 만나면 괜찮아질 거라는 위로의 말. 연락을 먼저 달라는 그 말이 왜 나를 더 불편하게 하는 것인지.

지금 되돌아보면 '나는 왜 그렇게 예민한 마음으로 타인의 위로를 전해 받았을까' 하는 생각이 든다. 다른 한편으로 '왜 다들 그렇게밖에 위로를 해주지 못했을까' 하는 아쉬움도 든다. 내가 '위로 같지 않은 위로'라고 느꼈던 가장 큰 이유는, 내 상황에 대한 '충분한 공감'이 빠져 있었기 때문이다. 위로하는 주체적인 입장보다 위로받는 사람의 마음을 먼저 헤아려야 한다고 생각했다.

오랜만에 친구들과 약속을 잡고 만날 기회가 있었다. 친구들은 나의 안부를 묻고 걱정해주었다. 그러다가 결국 대화의 마무리는 각자의 삶에 대한 넋두리로 끝이 났다.

'다 각자의 삶만 보이겠지. 아무리 겪어보지 않으면 모른다고 하지만, 상대방에 대한 힘듦을 진심으로 느껴보려고 하는 사람들이 별로 없구나.'

그날 이후, 나는 사람들과의 만남을 더 회피하기 시작했다.

'타인의 위로'에 안타까운 상처를 받았던 나는 '자신의 위로'를 찾아 헤매기 시작했다. 그 가운데 나 스스로 위로하기 위해 책을 가까이했다. 예전에 대충 훑고 지나간 글귀들이 돋보기를 댄 듯 도드라져 보이기 시작했다. 작가들이 쓴 책 속 구절을 마음으로 읽으니, 괜히 뭉클해졌다.

오래전 JTBC TV에서 방영한 드라마 「그냥 사랑하는 사이」를 인상 깊게 본 적이 있다. 그중, 어느 할머니의 대사 한마디가 기억에 남는다. 그 말 한마디가 가끔씩 나를 따라다니는 슬픔을 잠재워줄 때가 있다.

"슬프고 괴로운 건, 노상 우리 옆에 있는 거야. 받아들여야지 어째. 너무 힘들면 잊어버리고 묻는 것도 방법이야."

감당할 수 없을 정도로 슬픔이 밀려올 때, 나는 슬픔에 대한 부정보다 수용을 선택하려고 애써왔다. 내일을 다시 살아가기 위해 오늘 뿌려진 슬픔과 괴로움을 나는 과감히 묻어본다.

가끔 지인들의 위로를 성숙하게 받아들이지 못한 나의 옹졸한 마음이 싫어질 때가 있다. 이제야 진심마저 외면한 미안한 감정이 새삼 든다. 나는 '위로'에 대한 다양한 경험의 시간을 겪으면서 위로의 중요성을 자연스럽게 깨달았다.

위로는 타인의 기분을 살피는 것이 아닌, 마음을 들여다보는 것이다. 서로 다른 상황을 파악하고 공감을 키울 줄 아는 '앞선 마음'이 중요하다. 머릿속에 떠오르는 말도 한번 호흡했다가 전하는 신중함이 필요하다. 세심한 위로 한마디는, 길을 잃은 사람들이 길을 찾아 다시 걸어갈 수 있는 뜨거운 응원이 되어줄 수 있다.

아직 위로에 서툰 나도 진심을 다해 누군가를 위로할 줄 아는 '마음의 응원자'가 되고 싶다. 칭찬보다 위로를 아끼지 않는 삶을 살고 싶은 마음이 간절해지는 오늘이다.

혼돈의 소용돌이에서 나를 구하고 싶어서

초여름의 날씨가 찾아온 어느 평일 낮. 엄마의 점심을 사오기 위해 병실을 나섰다. 점심의 메뉴는 옛날 청국장이었다. 구수한 음식을 좋아하는 엄마의 취향을 고려하여 선유도에 있는 작은 음식점을 찾아갔다. 음식점에 도착한 후 나는 잠시 포장을 기다렸다. 음식점 반찬으로 엄마가 좋아하는 갓 무친 콩나물과 무조림이 눈에 띄었다. 반찬은 매장에서 식사를 할 때에만 제공되었다. 나는 조심스럽게 주인에게 말했다.

"혹시, 반찬 조금만 담아주실 수 있을까요? 제가 돈은 더 지불할게요."

"포장할 때는 반찬이 제공되지 않아요. 필요하세요?"

"네. 저희 엄마가 좀 아프신데, 드시고 싶어 하실 것 같아서요."

나도 모르게 주눅 든 채 작은 목소리로 대답했다. 갑자기 울컥하더니 눈물이 났다. 반찬을 보자마자 항암 치료로 미각을 잃어버린 엄마가 혹여 맛있게 드실 수 있지 않을까 하는 생각이 앞섰던 것이다. 붉어진 내 눈을 보고, 주인도 마음이 좋지 않았나 보다.

"어머님이 드신다니 드려야겠네요. 맛있게 드시면 금방 회복하실 거예요."

"네, 고맙습니다."

청국장 한 그릇과 넉넉한 반찬이 들어 있는 포장 봉지를 손에 들고 음식점을 나섰다. 바보같이 왜 그렇게 눈물이 났는지 모르겠다. 길거리에서 어린아이처럼 눈물을 흘리며 멀뚱하게 서 있었다. 마음을 조금 진정시키고 나서 병원으로 가는 택시에 몸을 실었다. 창문으로 스며드는 여름 햇살을 잠시 쐬며 눈을 감았다. 택시 기사가 갑자기 나에게 말을 건넸다.

"서대문 병원에 가시는군요. 누가 입원해 계시나 봐요."

깊은 정적을 깬 택시 기사의 물음에 나는 눈을 뜨고 대답했다.

"아, 네. 친정엄마가 아프셔서요."

"아가씨 목에 병원 출입증이 걸려 있는 것을 보고 짐작했네요. 마음고생이 많겠어요. 나도 3년 전에 갑상선 암 진단을 받아서 수술받았거든요. 그때 이후로 건강 관리 잘하며 마음 편히 지내고 있어요. 인생에서 건강만큼 중요한 것도 없어요. 아가씨도 건강 챙기고 힘내요."

내 동공 뒤편 어딘가에 수도꼭지가 여러 개 달려 있는 것이 분명했다. 가슴 속부터 훅 끓어오르는 기운이 또다시 뜨거운 눈물로 이어졌다. 눈물이 뚝뚝 떨어져서 고개를 도저히 들 수 없었다. 택시 기사는 조용히 라디오를 틀었다. 창문을 통해 들어오는 여름 바람이 뜨겁고 축축해진 눈가를 천천히 말려주었다.

선유도에 간 그날, 왜 그렇게 눈물이 났는지 아직도 잘 모르겠다. 음식점 주인과 택시 기사의 소소한 배려 한마디가 나의 가슴속 응어리를 톡 건드려주었다. 그동안 참고 쌓아둔 내면의 슬픔이 한꺼번에 폭발하여 쏟아져 나왔다. 병원에 도착하기 전까지, 퉁퉁 부은 눈을 달래기 위해 연신 심호흡을 했다. 눈물로 얼룩진 마음을 새삼 발견하게 된 날이었다.

택시에서 내리니 머리가 어지러웠고 혼란스러웠다. 마치 내 몸에 남아 있는 마지막 에너지가 사르르 빠져나가는 것 같았다. 나의 혼돈 속 눈물 꼭지 증상은 그 후에도 계속되었다.

어느 날, 나는 운전면허 갱신 신청을 위해 집 근처 경찰서로 갔다. 걸음으로 20분 정도 걸리는 거리였다. 횡단보도 앞에서 잠시 멈췄다. 빨간색 신호등 불이 초록색 신호등 불로 바뀌었고, 횡단보도를 건너기 위해 천천히 발을 뗐다. 그 순간 마치 영화의 한 장면처럼, 나만 잠시 멈추어 서 있고 주변 사람들은 빠르게 움직이며 스쳐 지나가는 것 같았다.

갑자기 차의 경적 소리와 사람들의 시끄러운 통화 소리에 신경이 거슬렸다. 횡단보도 한가운데까지 왔을 무렵, 숨겨진 혼돈의 눈물 꼭지가 스르륵 열렸다. 눈물이 양 볼을 타고 흘렀다. 어떤 차 한 대가 나를 치고 지나갔으면 좋겠다는 생각이 문득 들었다.

잠시 고개를 드는 순간 강하게 내리쬔 햇살에 눈이 저절로 감겼다. 갑자기 자전거의 따르릉 소리에 눈을 다시 번쩍 떴다. 마지막까지 초록색 신호등 불이 깜박일 무렵, 나는 겨우 발을 떼서 남은 길을 건넜다.

횡단보도를 건너는 그 순간, 내 정신 상태는 그야말로 '카오스(chaos)'였다. 카오스는 그리스어로 우주가 생성되는 과정 중 최초의 단계로 천지의 구별이 없는 무질서한 상태를 뜻한다. 갑자기 머리가 멍해지고, 주위의 소리가 하나둘씩 멀어지더니 귀가 멍해졌다. 눈물이 주체할 수 없이 흘러 눈물바다에 잠긴 기분이었다. 그야말로 혼돈의 상태에 갇힌 것이었다. 나 자신의 감정을 계속 들여다보니, 정상적인 상태가 아니었다.

결국 집 주변의 정신의학센터를 예약하고 찾아가기로 결심했다. 요즘 정신 상담을 받는 것이 아무리 흔해졌다고 하지만 자발적으로 찾아간 내가 무척 낯설게 느껴졌다.

"어떤 일로 오신 거죠?"

"마음이 복잡하더니 눈물이 시도 때도 없이 나와요. 사는 것 자체가 억울하고 화가 나요. 아무렇지 않게 잘 지내는 사람들을 보면 짜증도 나고요. 며칠 전, 이대로 눈을 감고 이 세상을 떠나고 싶다는 생각을 했어요."

나의 두서없는 감정과 사연을 듣고, 의사는 노트에 무언가를 적기 시작했다. 현재의 상황을 파악이라도 한 듯 의사가 나에게 질문했다.

"이런 심정을 가까운 가족이나 지인에게 알린 적이 있나요?"

"아니요, 정확히 이야기해본 적이 없어요."

"왜 없나요?"

"아무도 저를 제대로 이해하지 못할 것 같고, 물어봐 준 사람도 없네요. 가족이나 주위 사람들은 항상 제가 어떤 일이든 잘 알아서 하는 사람이라고 생각해요. 사실 알아서 나서는 사람이 딱히 없어서 혼자 짊어지고 제 역할을 한 것뿐이거든요."

그동안 이 정도로 허심탄회하게 내 마음을 꺼내 보인 적은 없었다. 나의 과거와 현재의 상황을 듣고 간단하게 검사한 결과지를 보며 의사는 조심스럽게 말을 이어갔다.

"추가 검사를 더 해볼 예정입니다. 상태를 미리 추측해보면, 가족 트라우마가 깔린 외상후 스트레스 장애의 가능성이 높습니다. 우울증도 이미 진행된 것으로 보입니다. 분노 조절 장애의 미세한 증상도 엿보이고요."

최종 검사가 끝나고 결과에 따라 약을 처방받기로 했다. 무언가

해결되지 않은 찜찜한 상태였지만, 이상하게 마음 한구석이 시원했다. 산꼭대기 위에 올라가서 혼자 '야호'를 연신 외치다 내려온 기분이었다. 비록 내가 의사는 아니지만, 내 상태의 원인과 결과가 어느 정도 추측이 되었다.

혼돈의 상태에서 필요했던 것은, 어쩌면 내 감정에 대한 누군가의 자발적인 관심이었을지도 모른다. 내 일상 소식보다 내 마음을 먼저 물어봐 주는 것이 옳았던 것이다.

정혜신 정신의학과 전문의가 쓴 『당신이 옳다』에 이런 표현이 있다. 저자는 사람을 죽이거나 부수고 싶어도 그 마음은 옳으며, 결국 사람의 감정은 항상 옳다고 이야기한다. 누군가가 그 마음이 옳다는 것을 알아주기만 해도 부수거나 죽이고 싶은 마음이 없어진다고 언급하고 있다.

생각해보니, 내 마음을 자세하게 물어봐 준 사람은 아무도 없었다. 현재의 상황을 안쓰럽게 보는 눈빛과 걱정 어린 조언들만 가득 차 있었을 뿐이다. 벼랑 끝에 몰린 듯한 복잡한 나의 감정들에 대해 어느 누구도 그런 마음이 들 수 있다고 말해주지 않았다. 나 역시 어지러운 혼돈의 감정에 휩쓸려 있는 나를 책망하며 다그쳤을 뿐이다. 혼돈의 소용돌이에 빠진 나를 구하기 위해 필요한 것은 '진짜 나의 마음을 지지하고 알아차려 주는 것' 바로 그것이면 되었다.

심심한 안부만 묻기보다 요즘의 마음이 어떤지 물어봐 주는 것, 즉 타인의 마음을 간과하지 않고 정확히 읽으려는 노력만으로도 충분한 공감이 되고 위안이 되어준다. 물론 어려움에 처해 있는 본인도 마찬가지다. 스스로의 마음을 비난하지 않고 그대로 받아들이는 것이 필요하다.

서로 차마 꺼내지 못하는 마음이 힘든 세상을 우리는 살아가고 있다. 일상의 근황을 묻는 것 대신, '마음의 안부'를 먼저 묻고 살피며 살아가는 인간적인 세상이면 좋겠다. 『당신이 옳다』의 저자가 던진 이 질문이 언젠가 서로 자주 주고받을 수 있는 안부 인사가 되기를.

"요즘 마음은 좀 어때. 잘 지내?"

다행이야,
함께 있어줘서

한때 나는 사주를 자주 보러 다녔다. 사주는 지정된 생년월일에 근거하여 사람의 길흉화복을 알아보는 점의 개념이다. 결혼하기 전 유명하다는 역술인을 찾아가서 나의 현재와 미래를 물어봤다. 당시 내가 관심을 보였던 주제는 주로 회사와 연애 그리고 결혼이었다. 원하는 회사에 갈 수 있는지, 과연 운명의 상대는 만날 수 있는지가 궁금했던 것이다. 사주를 보러 갈 때마다 역술인은 무심한 말투로 사주풀이를 시작한다.

"이름, 생년월일, 태어난 시간은요?"

나는 역술인의 질문에 재빠르게 대답한다. 내 대답을 노트에 적은 후, 역술인은 마치 암호 같은 한문을 거리낌 없이 써내려 간다.

"금이 많은 사주야. 한마디로 화려하게 빛나는 팔자라는 뜻이지.

금은 딱딱한 금속을 의미하기도 해. 성격도 단단하니 아주 똥고집이야. 주관이 아주 뚜렷하지. 본인이 생각하는 것에는 앞뒤 가리지 않고 추진해. 혼자서도 잘 살아갈 독불장군 타입이야."

타고난 개인 성향에 대한 풀이가 술술 나온다. 하도 여기저기 사주를 보고 듣다 보니, 공통된 풀이를 발견했다. 그중 '똥고집, 외골수, 단호함, 추진력, 합리적, 정의로움, 배려심, 외로움' 등이 '나'라는 사람을 대표하는 단어들이었다.

'내가 이렇다고?'

처음에는 의문을 가지기도 했다. 생각해보니 나라는 사람을 나름 잘 대변하고 있는 수식어임을 살아가면서 자주 느낀다. 다만, 나는 사주를 맹신하지 않는다. 가끔 제3자를 통해 나라는 사람의 이야기를 온전히 들을 수 있다는 사실이 흥미로울 뿐이다.

나를 대표하는 단어 중에 '외골수'라는 말이 참 인상적이다. 단어의 사전적 정의는 '단 한 곳으로만 파고드는 사람'이다. 긍정적인 의미로 풀이하면, 본인 스스로의 길을 잘 모색하고 몰입하여 나아간다는 의미다. 다른 한편으로는, 주관이 강해 고집스럽고 융통성이 없어 보일 수 있다. 전자와 후자의 풀이에 나는 모두 공감한다.

평소 나는 어떻게 생각하고 행동하고 나아가야 할지 자발적으로 계획하는 편이다. 꿋꿋한 신조로 계획을 끝까지 추진하고 실행한다. 아쉬운 점은 생각 틀에 갇히면 그 틀에서 쉽게 벗어나지 못하는 경향이 있다. 내가 명확하다고 판단한 생각을 쉽게 내려놓지 못하는 경우가 있다는 뜻이다. 이러한 특징을 두고 역술인이 '똥고집'이라고 표현했는지도 모르겠다. 억지까지는 아니지만 분명 나에게 특유의 고집이 내재되어 있다. 이 고집스러운 성향은 내가 감정이 힘들어질 때마다 희한한 형태로 드러날 때가 있다.

7월의 어느 주말, 17차 항암 치료를 위해 병원에 갈 준비를 했다. 보통 주말에 병원에 입원할 때면 남편이 엄마와 나를 병원으로 데려다준다. 병원 건물 앞에 도착한 뒤, 남편과 짧게 인사하고 헤어진다. 병실에서 짐을 정리하고 나면 바로 피검사가 시작된다. 피검사의 결과가 나올 때까지는 긴장의 연속이다. 결과가 좋지 못하면 항암 치료를 받을 수가 없기 때문이다.

몸 상태가 좋지 못할 경우, 온갖 약제 주사를 주입하여 항암 치료에 적합한 몸 상태로 끌어올린다. 항암 치료 차수가 누적되면서 항암 전 주입되는 약물 주사가 상당했다.

시간이 흐를수록 엄마는 점점 힘들어하셨다. 입원 후 피검사 결과가 나왔는데 긴급하게 수혈이 필요한 상태였다. 면역도 기준범위 이하의 심각한 수치였다. 매주 항암 치료를 받기 전까지는 그야말로 피가 마르는 상황이 반복되었다.

이런 상황을 잘 알 리 없는 남편과 남동생에게 나는 불현듯 서운함이 밀려왔다. 병원 입·퇴원을 위해 두 남자가 최선을 다해 잘해주고 있었다. 그런 든든한 도움을 뒤로한 채, 병원에 들어온 이후부터는 내가 온전히 짊어져야 할 몫이 많았다. 내가 먼저 병원의 상황을 전하지 않으면, 그들이 먼저 자세하게 상황을 묻는 경우는 드물었다. 문득, 먼저 연락해서 엄마 상태를 이야기해주고 싶지 않다는 생각이 들었다. 가족에게 쓸데없는 자존심을 세우는 것 같아 나 자신이 유치하기도 했다. 그럼에도 나의 똥고집 성향이 유치하게 발동되었다.

'아무리 생각해도 다들 참 무심하다. 언제 연락하나 보자.'

간호사는 엄마에게 맞는 혈액이 언제 준비될지 모르니 가족 헌혈을 권유했다. 상황이 이러한데도 서운한 마음만 앞세운 나는 괜한 오기와 고집을 부렸다. 남편과 남동생에게 연락을 취하지 않은 채, 내 선에서 처리하기 위해 인터넷 검색만 계속했다.

그 일이 있기 전에도 엄마에게 극심한 황달이 찾아온 적이 있었다. 병원에서 긴급한 시술이 필요하다고 했다. 막힌 담도 쪽을 넓혀주는 이른바 스텐트(stent) 삽입술을 시행해야 했다. 시술 전부터 금식하고, 시술 후의 통증도 심해서 마치 짧은 수술 같은 시술이었다. 시술할 시간이 다가오고 영상의학과로 향하는 침대차에 나는 엄마와 동행했다. 엄마는 시술실로 들어갔고 나는 그 앞에 앉아 조용히 기다렸다.

나의 유일한 두 남자인 남편과 남동생은 엄마의 시술이 끝난 이후에도 별다른 연락을 하지 않았다. 물론 각자의 일이 있고 바쁘다는 것쯤은 나도 이해했다. 그렇지만 매 순간 긴장감과 불안감을 혼자 감당하기 벅찼고, 이를 나눌 사람이 간절했다. 그 존재는 가족밖에 없었다. 결국 나는 남편과 남동생에게 시술 결과를 알리며 서운함을 넌지시 토로했다.

수혈이 필요했던 주말, 지난 시술 때의 서운한 기억이 떠오르면서 쌓였던 나의 감정이 희한한 고집으로 발현되었다. 이 유치한 고집은 긴급한 상황 앞에서 두 시간도 채 지나지 않아 바로 무너지고 말았다.

나는 결국 남편과 남동생에게 상황을 알리고 가까운 헌혈 장소에서 만나기로 했다. 엄마의 혈액형은 B형이고 다행히 남편과 같았다. O형인 나와 남동생도 헌혈이 가능한 상태였다. 안타깝게도, 남편은 지난 해외 출국 기록으로 헌혈을 할 수가 없었다. 나 역시 유산 경험과 철분 부족으로 헌혈을 할 수 없었다. 결국 남동생만 헌혈하여 긴급으로 엄마는 수혈받을 수가 있었다. 남편과 남동생이 나에게 말했다.

"수혈이 더 필요할지도 몰라서 주위 친구들이랑 회사 사람들에게 혈액형을 물어봤어. 가능한 사람들이 생기는 대로 내일 이어서 헌혈하게 될 거야. 너무 걱정하지 마."

갑자기 그 말이 얼마나 든든했는지 모른다. 어린아이처럼 굴었던 마음이 부끄러워졌다. 병실에 들어와 엄마에게 모든 상황을 전했다.

"엄마는 사위와 아들이 있어 좋겠네. 긴급하게 수혈도 받을 수 있고."

"그래, 너무들 고맙다. 좋다."

긴급한 전쟁을 한바탕 치르고 난 뒤, 나는 병실 밖으로 나가 잠시 앉았다. 남편과 남동생에게 연이어 연락이 왔다. 미소가 지어지더니 나는 걱정하지 말라고 답을 보냈다. 똥고집의 나는 사라지고, 어느새 온순한 양이 되어 있었다. 더 이상 서운함도 없었고 외롭지도 않았다. 단지 고맙고 든든한 마음만 남았다.

한때 가까운 친척들과 가족에게 서운한 마음이 크게 쌓이기도 했다. 엄마를 끝까지 지키는 사람은 나 혼자라고 생각했다. 병원에서 일어나는 일거수일투족을 굳이 이야기 안 한 적도 많았다. 어차피 병원에서 함께하지 못하니까 내가 처한 상황을 이해하고 공감하지 못한다고 생각했다. 솔직히 말하자면, 모두에게 걱정 끼치게 하고 싶지 않다는 마음이 제일 컸다.

그러다 보니 홀로 힘든 마음을 감당하는 경우가 많았다. 당혹스러운 여러 가지 변수의 일을 마주할 때마다, 어떻게든 나 혼자 처리하려고 했다. 가끔 비뚤어진 감정의 폭발은 알 수 없는 아집으로 이어졌다. 아집은 융통성 없는 사고를 조장하기도 했다. 이런 감정으로 행동했던 내가 참 어리석었다는 생각이 든다. 이제 나는 가끔씩 뚫고 나오는 고집스러운 성향을 조금씩 내려놓기로 했다.

세상은 결코 나 혼자 살아갈 수 있는 곳이 절대 아니다. 내 곁에는 나만큼 엄마의 건강을 바라고 엄마를 사랑하는 가족이 늘 함께 있었다. 가까운 지인들의 따뜻한 응원도 있었다. 비록 살갑지 않지만, 두 남자는 나를 믿고 힘든 시간을 함께 버텨준 존재였다. 남편의 경우, 본인도 처음 겪는 힘든 시간이었을 텐데 큰 내색 없이 우리 가족을 한결같이 지켜주었다. 늘 아이 같았던 남동생도 어느새 다 큰 어른의 모습으로 묵묵하게 엄마와 나를 지켜주었다. 왜 나는 가족의 마음을 먼 곳에서 찾고 있었을까. 가족만큼 가까운 거리에 있고 진심인 대상은 없었다.

'가족은 나무의 가지와 같다. 우리는 각자 다른 방향으로 자라나지만 결국 뿌리는 하나이기 때문이다.'

내가 예전에 적어둔 노트 속 문장이다. 문득 이 문장을 마음으로 읽으니 든든한 가족애가 느껴진다. 가족은 세상에서 유일하게 '한마음'을 갖고 있는 존재다. 나의 소중한 가족, 특히 두 남자에게 늦었지만 이 말을 꼭 전하고 싶다.

"다행이야, 함께 있어줘서. 우리는 한마음이었어."

슬프고도 아름다웠던 마지막 페이지

음악을 듣다 보면 마치 인생의 시간 여행을 떠나는 것 같은 착각을 일으킨다. 음악과 함께 떠나는 인생 여정에서 다양한 감정을 마주하고 치유받는다. 음악에는 마음을 치유해주는 신비한 힘이 있다. 음악의 선율은 귀를 타고 가슴으로 흘러간다. 선율은 내 삶의 시간을 거슬러 올라가게 한다. 음악의 리듬이 가슴으로 타고 들어올 때마다 인생의 순간들이 춤을 추듯 나타난다.

삶의 순간은 영화의 한 장면처럼, 과거의 정거장에 도착하여 잠시 머문다. 과거의 추억은 가사와 함께 그때의 감정에 젖게 해준다. 선율이 절정에 이를 때면 행복했던 시절이 떠오른다. 격정적인 선율이 극적으로 치달을 때면 가슴 한구석에 남아 있던 힘들고 슬픈 감정이 올라와 마음을 적셔주기도 한다.

선율의 타임머신은 현재의 정거장으로 이동하기도 한다. 현재의 마음과 가까이 닿아 있는 가사를 만날 때, 가사는 공감이 되고 공감은 위로와 감동을 전해준다. 음악이 끝날 때쯤 마치 인생 파노라마 같은 감정의 여정이 서서히 마무리된다. 음악의 여운이 맴돌며 어느새 마음이 잔잔해진다. 삶의 어느 한 장면이 선율에 투영될 때마다 나는 영혼을 담아 음악을 감상한다.

나에게는 마음으로 먼저 느끼게 하는 음악이 있다. 바로 마음 치유를 선사해준 나의 인생 음악이다. 프란츠 슈베르트(Franz Schubert)가 1825년에 작곡한 「아베마리아Ave Maria」도 그 가운데 하나다. 슈베르트는 영국의 시인이자 소설가 월터 스콧(Walter Scott)의 장편 서사시인 「호수의 여인Lady of the Lake」 가운데 여섯 번째 시 '엘렌의 노래'를 작곡했다고 한다.

호수의 바위 위에서 아버지의 죄를 사해달라고 성모 마리아에게 기도를 드리는 소녀 '엘렌의 기도'에 슈베르트가 아름다운 곡을 붙여 오늘날까지 많은 사랑을 받고 있는 「아베마리아」로 탄생했다. 「아베마리아」의 성스럽고 아름다운 선율에 다양한 음악인들의 목소리가 입혀졌다.

2006년 프랑스에서 데뷔 20주년 기념공연으로 「아베마리아」를 부른 성악가 조수미의 목소리를 나는 잊을 수가 없다. 클래식을 좋아하는 사람들이라면 당시 조수미의 공연 장면을 보았을 것이다. 공연을 시작하기 전, 그녀는 담담하게 관중을 향해 이야기한다.

"저희 아버지를 위해 기도드리고 싶은데요. 오늘 저희 아버지가 제 곁을 떠났습니다. 오늘 아침 한국에서 장례식이 있었습니다. (……) 저는 이곳 파리에 가수로 와 있고 아버지는 제가 여러분의 사랑을 받고 있는 것을 하늘에서 기뻐하실 것입니다."

그녀는 아버지의 임종을 곁에서 지키지 못한 슬픔을 간직한 채, 「아베마리아」를 아버지께 헌정했다. 그녀의 어머니는 관중과의 약속을 지키라고 하시며, 아버지가 그것을 더 기뻐하실 거라고 이야기하셨다고 한다. 조수미의 「아베마리아」는 그 어떤 곡보다 애잔하고 아름다웠다. 그녀의 공연을 본 한 사람이 남긴 위로의 문구가 참 인상적이다.

> "「아베마리아」를 듣는 사람들은 지상에서 모두가 울었지만, 하늘나라에서 아버지는 많이 기뻐하셨을 겁니다."

조수미의 「아베마리아」를 들으며 나 역시 깊은 공감을 표하며 애도했다.

2020년 11월 15일, 항암 치료를 위해 어김없이 병원에 갔다. 병원에 들어가기 전, 엄마의 상태는 굉장히 심각했다. 갑자기 배가 불러오고 잘 걷지도 못했다. 나도 모르게 이상한 예감이 들었다. 입원 후, 예정보다 빠르게 CT를 찍었다. 엄마에게 고통스러운 암성 통증이 찾아왔다. 마약 진통제와 다양한 약제 주사가 엄마의 온몸을 타고 끊임없이 들어갔다.

엄마는 밥을 먹기만 하면 구토를 했다. 음식물이 전혀 속에서 받지 않았다. 배는 계속 불러오고 온몸이 무섭게 붓기 시작했다. 엄마는 무척 괴로워했고, 말조차 하기 힘들어했다. 밥을 먹지 않아도 실시간 담즙까지 올리며 녹색 액체를 토해냈다. 엄마는 내 손을 당신의 아픈 배에 갖다대며 문질러 달라고 하셨다. 나는 고통에 몸부림치는 엄마의 배를 지문이 닳도록 문질렀다.

엄마가 입원하면서 나는 뜬눈으로 밤을 지샜다. 남동생과 나는 교대하면서 엄마 곁을 지켰다. 입원 후 2주가 지나갈 무렵, 주치의가 나를 급하게 불렀다.

"어머님의 간과 복부까지 암이 퍼져 있습니다. 복수가 차기 시작한다는 것은 예후가 좋지 않다는 것이기도 하죠. 지난번 다른 약제로 항암 치료를 권해드렸지만, 지금의 상태로는 더 이상 치료를 이어 나가기 힘들 것 같습니다."

"그럼 어떻게 되는 건가요?"

"어머님이 얼마 남지 않으신 것 같아요."

"……얼마나 남은 건가요?"

"한 달도 채 안 남으신 것 같아요. 제2차 병원(호스피스)을 알아보시기 바랍니다."

이상한 예감이 실현되는 최악의 순간을 나는 다시 마주했다. 병실 앞 복도에서 나도 모르게 손으로 입을 막았고, 눈물이 주체할 수 없이 흘렀다. 주치의를 비롯한 의료진이 잠시 침묵을 보이다가 나에게 한마디 건넸다.

"마음 단단히 먹으세요."

나는 떨리는 목소리로 이야기했다.

"어떻게 이렇게 급박하게 진행될 수가 있죠? 너무 허무하네요."

"어머님이 그동안 씩씩하게 잘 버티셨습니다."

의료진은 짧고 굵은 한마디를 건넨 뒤, 다음 회진을 위해 모두 떠났다. 간호사가 나에게 다가와 말했다.

"복도에서 잠시 진정시키고 오세요. 어머님이 보시면 속상해하실 거예요."

나는 주체할 수 없는 감정을 억지로 누르며 정신을 차리려고 몸부림쳤다. 엄마가 기다릴 것 같아 불안한 마음으로 병실로 다시 들어갔다. 엄마는 나를 보더니 조용히 이야기했다.

"나 얼마 못 살 것 같지? 내가 봐도 못 살 것 같다."

엄마의 말 한마디에 나는 무릎을 꿇고 오열했다.

"엄마……, 이렇게밖에 내가 해주지 못해 너무 미안해……, 정말 미안해……."

"사람은 태어나면 언젠가는 죽기 마련이야. 나는 우리 딸, 아들이 너무나 불쌍하다. 나까지 없이 너네 불쌍해서 어쩌니……."

엄마와 나는 한참을 울며 서로의 마음을 나누었다. 엄마는 당신의 마지막을 감지한 듯 나를 오히려 걱정해주었다. 나는 제정신이 아니었다. 정신이 나간 채로 집 근처 호스피스 병원을 알아봤다. 결국 집 가까운 곳에 있는 한 병원을 힘들게 예약했다. 엄마는 조용한 곳으로 가고 싶다고 말했다. 우리는 서대문의 마지막 밤을 정리하며, 1년 7개월 만에 그곳을 떠났다.

응급 구급차를 타고 예약한 호스피스 병원을 향해 갔다. 도착하자마자 이것저것 필요한 짐을 남동생과 정리했다. 낯선 1층의 호스피스 병실에서 나는 언젠가 다가올 마지막을 생각하며 불안에 떨며 보냈다.

엄마는 점점 의식이 희미해져 갔다. 눈동자의 초점이 사라졌고 허공을 바라보기 시작했다. 코로나19로 면회가 되지 않아 남동생과 남편은 병실의 창문 밖에 서서 엄마를 바라볼 수밖에 없었다.

남동생이 병실 밖에 온 날, 나는 커튼을 활짝 열었다.

"엄마, 아들 왔네. 저기 봐봐."

의식이 없어져 가는 엄마의 귀에 대고 나는 외쳤다. 엄마는 갑자기 눈을 뜨고 창문 밖에 서 있는 동생을 향해 환한 미소를 지었다. 짧은 찰나에 엄마가 지은 미소가 얼마나 밝고 환했는지 모른다. 엄마의 마지막 미소를 보면서 우리는 하염없이 눈물을 흘렸다. 그 미소는 죽을 때까지 잊을 수가 없을 것 같다.

짧은 미소에 담긴 엄마의 사랑을 확인할 수 있었다. 생생한 미소를 띤 엄마의 마지막 모습이었다. 그 후, 엄마는 숨을 힘겹게 몰아쉬면서 깊은 잠에 빠졌다.

그날 밤 9시, 담당 간호사가 호출했다. 새벽이나 다음 날 오전에 임종하실 것 같다며 준비하라고 했다. 떨리는 손으로 가족에게 연락을 취했다. 이모와 외삼촌이 밤늦게 오셨다. 코로나19로 엄마의 마지막 모습을 짧게만 지켜보았다.

일부 친척들이 돌아간 뒤 나와 남동생, 남편은 새벽 내내 엄마의 마지막을 함께했다. 숨을 거칠게 몰아쉬는 엄마의 모습을 지켜보는 것은 너무나 고통스러운 일이었다. 엄마는 그렇게 우리를 떠날 준비를 하고 있었다.

엄마가 불안해할까 봐 우리는 눈물을 삼키며, 엄마의 귀에 대고 그동안 못 나누었던 마음을 전했다. 엄마가 살아생전 좋아하셨던 가수 임영웅의 「보랏빛 엽서」를 잔잔하게 틀었다. 엄마가 숨을 거둘 때까지 노래는 계속 반복되었다. 2020년 12월 6일, 새벽 5시 30분경. 엄마는 결국 멀리 소풍을 떠나셨다. 슬프고도 아름다웠던 인생 여정의 마지막 페이지를 닫는 순간이었다.

"아베마리아! 온화한 이여, 거칠고 험악한 이 세상
성모의 보호를 비오니 우리 기도를 들어주소서.
잔인한 사람일지라도 아침까지는 잠들거늘
이 고통을 덜어주소서, 어머니. 손 모아 비나이다!"

엄마의 마지막 순간이 다가올 무렵, 내 생애 가장 애절한 마음을 하늘에 전했다. 「아베마리아」 노래의 가사처럼, 더 이상 고통 없는 곳에서 엄마가 편히 쉬기를 나는 간절히 기도했다.

아직까지도 믿기지 않는다. 엄마가 우리 곁을 떠났다는 사실이. 사람 인생이 이렇게 허망할 수가 있을까. 가끔 눈을 감으면 엄마의 마지막 장면이 생생하게 떠오른다. 슬픈 잔상이 수면 위로 떠오를 때마다 나는 조수미의 「아베마리아」를 찾아 듣는다. 노래를 통해 깊게 스민 슬픔과 상처를 다시 치유받는다. 이 노래가 하늘에 있는 부모님께도 전달되어 함께 들으셨으면 좋겠다. 비록 우리 부모님은 아프고 고통스럽게 이승을 떠나셨지만, 하늘에서는 그 누구보다 건강하고 행복하시기만을 바랄 뿐이다.

'엄마, 아빠 곁으로 가니 외롭지 않지? 이제는 아프지 않을 거야. 언젠가 우리 다시 만날 테니 더 이상 슬퍼하지 않을게. 엄마의 딸, 아들이라서 너무 행복했어……. 사랑해.'

3부

치유

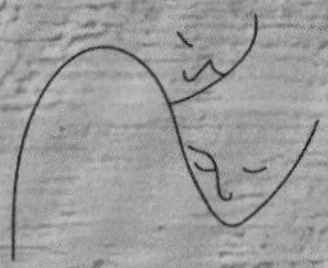

보이지 않는
마음의 빛을 찾아서

그림책 한 권의 마법

이따금씩 내가 왜 이러나 싶을 정도로 마음이 참 힘들 때가 있다. 20대에서 30대 초반까지만 해도 힘든 마음을 친한 친구에게 쉽게 터놓고 털어내곤 했다. 희한하게 나이가 들어가면서 마음의 문이 쉽게 열리지 않을 때가 많아졌다. 어른이라는 이유로 솔직한 감정을 보이기가 그토록 부끄러웠을까. 아니면 보이고 싶지 않았던 것일까.

보이지 않는 슬픔의 빛이 예고도 없이 찾아온다. 그럴 때마다 나는 마음이 원하는 대로 흘러가도록 맡기되, 너무 오래 정체되지 않기 위해 애쓴다. 어두운 감정에 그야말로 잡아먹힐 때면 나는 극심한 무기력에 시달린다. 세상에 대한 무관심과 상황에 대한 회피를 자초한다. 이러한 위험에 빠지지 않기 위해 나는 감정의 신호를 눈치껏 인지하고 자연스럽게 대처하는 습성이 생겼다.

차분하고 잔잔한 음악을 찾아 듣는다. 자기 계발서 대신 감정에 관한 에세이를 찾아 읽을 때도 있다. 말로 도저히 정리가 되지 않을 때, 찰나의 마음을 짧은 글로 대신한다. 가장 밑바닥에 있는 슬픔의 빛을 조금씩 꺼내 보려는 나의 소소한 노력들이다.

이런 슬픔을 가까운 사람들과 대화로 나누어도 좋았을 텐데. 유독 그 부분이 마음처럼 쉽지 않다. 나 스스로가 먼저 슬픔을 받아들이고 온전히 느낄 수 있는 시간이 필요했던 것이다. 다른 사람들과 슬픔을 공유하고 마음을 나누는 부분은 그다음 일이다. 불쑥 찾아오는 복잡한 감정들을 달래기 위해, 어느 순간부터 나만의 마음 치유를 위한 자발적 움직임이 시작되었다.

어느 날, 복잡한 생각에서 벗어나기 위해 홍대의 작은 골목길을 걸었다. 마음이 복잡하고 지칠 때면 나는 에코백 하나를 어깨에 메고 홀로 조용한 카페나 서점을 찾곤 했다. 길을 걷다 보니 2층 건물의 독립서점 간판이 눈에 띄었다. 발걸음이 이끄는 대로 2층으로 올라갔다. 서점에는 다양한 외국 서적과 그림책이 가득했다. 아담한 공간은 마치 유럽의 작은 동네 서점에 온 것 같은 기분마저 들게 했다.

서점 한쪽에는 자동 커피머신이 있어 자유롭게 커피를 마실 수 있었고, 2층 창문 앞에 책을 자유롭게 읽을 수 있는 공간도 보였다. 훌러나오는 보사노바 음악을 들으며 나는 진열된 책을 유심히 구경했다. 갑자기 그림책 하나가 내 마음에 들어왔다. 표지에 어린 소녀가 입으로 꽃씨를 불고 있는 화사한 그림이 그려져 있었다.

이탈리아 볼로냐에서 태어나 프랑스 파리에서 활동 중인 그림책 작가 베아트리체 알레마냐의 그림책 『Forever』였다. 그림책을 한 장씩 넘기니 짧은 문장들과 연관된 색채 가득한 그림들이 눈에 띄었다. 이 그림책은 이후 『사라지는 것들』이라는 제목을 달고 한국어판으로 출간되었다. 책을 읽다 보니 간단하지만 의미 있는 몇몇 문장들이 내 마음을 사로잡았다.

"살다 보면, 많은 것들이 사라진단다.
변하기도 하고, 휙 지나가 버리지.
작은 상처 같은 건 금방 지워진단다. 아무 흔적도 없이.
우울한 생각들도 사라진단다. 눈물이 마르듯 말이야."

계절은 끊임없이 바뀐다. 봄이 오면 여름이 오고, 여름이 오면 가을과 겨울이 곧 다가온다. 반복되는 사계절을 살고 있지만, 결코 한 해도 똑같은 인생은 없다. 해마다 다른 삶이 펼쳐지고, 매일의 일상이 다르다.

이렇게 영원하지 않은 인생에 빗댄 상황들을 묘사한 그림들이 상당히 공감되었다. 나에게 잠시 찾아온 슬픔의 빛도 머물다가 곧 사라질 것이라는 생각에 기분이 한결 가벼워졌다. 엄마가 아이를 안고 있는 그림으로 마지막 페이지가 완성되었다. 세상에 불변함이 있다면 바로 '부모의 사랑'이 아닐까를 의미하는 듯했다. 많은 것들이 변해 가는 인생이지만, 자식을 향한 부모의 사랑은 결코 변하지 않는 '영원한 것'이다.

갑자기 엄마와 함께했던 시간들이 주마등처럼 스쳐 지나갔다. 늘 한결같은 모습일 것 같았던 엄마도 나이가 들고 어느새 아픔을 얻었다. 아픈 몸으로도 여전히 자식의 끼니를 챙기고, 앞날을 걱정하는 부모의 깊은 마음. 그림책 한 권으로 새삼 엄마의 영원한 사랑을 느끼며 마음이 뜨거워졌다. 그림책『Forever』한 권을 창가에 앉아 몇 번을 반복하며 감상했는지 모른다.

어른이 되어 그림책을 다시 만나는 기분은 참 새로웠다. 이 그림책 한 권은 더 이상 아이들만 읽고 또 읽어주는 도구가 아니었다. 나 스스로가 책의 의미를 곱씹어보고 해석할 수 있는, 어른을 위한 가장 순수하고 철학적인 무기였다.

그날 이후, 나는 그림책의 매력에 빠져 본격적으로 다양한 종류의 그림책을 찾아보기 시작했다. 책 디자인이 예뻐서 그림책을 구매할 때가 있다. 어떤 경우에는, 서평을 미리 읽은 뒤 내용이 마음에 드는 그림책을 구매하기도 한다. 매일이 불안하고 정체되어 있는 것 같았던 간병 일상에 그림책은 내 마음의 빛이 되어주었다.

일반 책에 적혀 있는 수많은 문장들이 가끔씩 눈에 들어오지 않을 때가 있다. 집중이 전혀 되지 않고 세 문장 이상을 읽어 내려가지 못한다. 책 속의 주옥같은 문장들을 붙잡지 못하고 나는 그냥 흘려보낼 때가 많았다. 책이 주는 명확한 가르침과 끝도 없이 펼쳐지는 지식들이 오히려 나를 버겁게 했다. 그럴 때마다 나는 그림책을 찾아 읽었다. 다채로운 색채의 그림과 여백의 공간만으로 '마음의 휴식'이 되어주었다.

그림을 바로 넘기지 않고 잠시 시선을 고정한 채 사색에 잠긴다. 어린아이처럼 가끔 무한한 상상을 하기도 한다. 그림과 함께 짧고 굵은 문장 한 줄이 '마음의 거울'이 되어준다. 나의 숨은 감정을 알아차리고 대신 표현해주기도 한다.

그림책은 분명 어른의 마음을 치유해준다. 상처받은 마음을 달래주고, 탁해진 감정의 농도도 순수하게 정화해준다. 가끔 생각지도 못한 인생의 교훈마저 일깨워준다. 그림책을 볼 때, '마음 이입'을 진심으로 한다면 그림책의 빛나는 진가를 제대로 알아보게 될 것이다.

그림책은 '마음 메신저'로서의 역할을 하기도 한다. 어느덧 하나 둘씩 구매한 그림책들이 내 책장을 채웠다. 내가 느낀 그림책의 힘을 가까운 지인들과 함께 나누고 싶다는 생각이 들었다. 지인과 어울리는 그림책을 골라 선물하며 내 마음을 대신 전했다. 커피 모바일 상품권 대신 그림책 한 권으로 마음을 전하는 것이 얼마나 특별하고 의미 있는 일이었던지.

지금도 여전히 나만의 그림책 큐레이션(curation)으로 주변에 마음을 전하고 있다. 그림책 한 권으로 따뜻한 관계를 나눌 수 있게 되었다.

그림책을 만나기 전과 후의 내 인생은 참 많이도 변했다. 그림책은 어둡게만 느껴졌던 내 마음의 빛들을 하나둘씩 밝혀주었다. 세심하게 마음을 확인해주었고, 쉬어가게 해주었으며, 앞으로 어떻게 마음을 챙겨야 할지 알려주기도 했다.

마음 다친 한 어른이 그림책 한 권으로 계속해서 회복하고 성장하는 중이다. 매일 마시는 커피나 차 한잔처럼, 당신도 그림책 한 권으로 마음 산책을 하며 평온한 시간을 자주 가졌으면 좋겠다. 그림책은 나를 돌아보게 해주고, 마음과 생각을 편하게 정리해줄 수 있는 든든한 휴식 같은 친구다. 그림책 한 권이 부리는 마법으로 마음의 파도를 조율할 수 있다.

어느 그림의
따뜻한 위로

지금까지 나는 예술의 삶과는 거리가 먼 인생을 살아왔다. 30대 내내, 사회인으로 적응하기 위해 앞만 보고 달려왔다. 음악을 주의 깊게 들을 여유조차 없었다. 업무 이외에 자기 계발을 할 엄두도 쉽게 내지 못했다. 책 한 권을 제대로 완독하는 것은 더욱더 어려운 일이었다. 눈뜨면 출근하고 하루 종일 컴퓨터 업무와 씨름했다. 무엇을 위해 그렇게 바쁘게 살아왔나 싶다. 마음의 여유가 없으니 감성도 메말라 갔다. 바쁜 회사원과 달리, 우아하게 예술을 즐기는 사람들을 볼 때마다 문득 이런 생각이 들었다.

'참 여유 있어 좋겠다. 예쁘게 차려입고 평일 낮을 저렇게 즐기는구나.'

미술관에 가서 그림을 보는 사람들은 나와 다른 부류의 사람들이라 생각했다. 그림에 조예가 깊거나, 돈과 시간이 많아 즐기는 사람들이라고 섣부르게 판단했다. 나도 한때 미술관에 가서 그림을 본 적이 있다. 많은 사람들 속에서 그림에 제대로 몰입하지 못하고 대충 보는 경우가 많았다. 아무리 유명한 작가의 작품이라 하더라도 그림 자체가 어렵게만 느껴졌다. 그림이 마음에 크게 와 닿지 않을 때, 적어도 그 그림은 나에게 더 이상 명작이 아니었다.

나의 이러한 근시안적 사고방식은, 진심이라곤 전혀 없이 예술을 바라보게 했다. 이러한 나의 무지하고 건조한 삶을 180도 바뀌게 해준 사건이 일어났다. 그날 이후, 내 인생에 그림이라는 빛이 들어왔다.

어느 날 오전, 나는 커피 한 잔을 주문하고 카페에 앉았다. 병원에만 있다가 잠시 벗어나니 그동안 잊고 있었던 평범한 시간이 참 반갑게 느껴졌다. 하루의 생기를 불어넣어 주는 음악, 원두를 가는 소리, 그리고 사람들의 대화가 여기저기서 들렸다.

아이스 아메리카노 대신 오랜만에 주문한 따뜻한 커피를 테이블에 올려놓았다. 뜨거운 김이 모락모락 피어올랐다. 나도 모르게 김이 나는 커피를 한참 동안 바라보았다. 뜨거운 커피를 호호 불며 입술에 적시고 한 모금 마셨다. 여기저기 쌓였던 피로가 천천히 풀리는 느낌이었다.

멍하니 커피를 마시는데, 갑자기 그림 하나가 내 눈길을 사로잡았다. 커피를 주문하러 간 여학생의 노트북 메인 화면에 떠 있는 그림. 모자를 쓰고 있는 여자가 조용히 커피를 마시는 모습에서 나를 보았다. 무언가 골똘히 생각하는 것같이 보이면서도 고독해 보이는 분위기. 한동안 나는 노트북 속 그림에 눈을 떼지 못했다.

'그림 속 여자도 나처럼 마음이 외롭고 공허한 것일까?'

비슷한 상황과 분위기 탓인지, 알 수 없는 공감이 느껴졌다. 나는 태어나서 그때 처음으로 그림에 대한 궁금증을 가졌다. 노트북 주인인 여학생에게 그림의 제목을 물어보고 싶은 충동이 들기도 했지만, 차마 용기가 나지 않았다. 어리숙하게 인터넷 검색 창에 이런저런 단어를 조합하여 검색하기 시작했다. 그림에 대한 여러 가지 기사와 글들이 조금씩 드러났다. 시간이 조금 지나자, 호기심으로 찾아본 그림의 퍼즐이 드디어 맞춰졌다.

내가 애타게 궁금했던 그림은 바로 미국의 대표적인 사실주의 화가 에드워드 호퍼(Edward Hopper)의 「자동 판매식 식당Automat」(1927)이라는 명화였다. 화가는 마치 자신만의 세계에 빠진 듯한 고립된 모습으로 한 여성의 고독함을 표현했다. 여성의 표정 그리고 주위 환경이 꽤 사실적으로 묘사되어 있다.

나만 침체되어 있고 외로워하고 있지 않다는 위로의 느낌이 들었다. 분명 어두운 분위기의 그림인데, 나는 따뜻한 위로를 전해 받았다. 그림에 대한 아무런 지식 없이 온전히 마음으로 느낀 순간이었다. 참 신기하고 특별한 감정이었다. 그림 하나가 이토록 마음에 깊은 여운을 줄 수 있다니. 처음으로 진심을 다해 그림을 보니 냉랭한 마음이 조금씩 풀어지는 것 같았다. 그 후로 나는 마음으로 그림을 보게 되었다.

그림에 대한 여러 가지 전문적인 설명이 많다. 희한한 것은 나는 그러한 설명을 먼저 읽지 않는다는 것이다. 그림과의 첫 만남 때, 눈으로 마주하고 마음을 주고받을 수 있는 대상을 자연스럽게 찾아간다. 내 마음에 들어온 그림을 최종적으로 발견했을 때, 비로소 그림을 그린 작가와 작품에 대한 설명을 참고한다.

원래 그림에 대한 시각적 효과는 뇌를 자극하고 이는 곧 몸과 마음의 변화로 나타난다는 기사의 글이 문득 생각난다. 좋은 그림을 보면 몸과 마음이 편하게 다스려지는 것도 그러한 이유 때문이라고 한다. 현재의 환경, 상황, 생각, 감정 등의 다양한 스펙트럼이 그림과 연결되어 마음으로 작용한다. 만약 작가가 그림을 그린 배경이나 의도가 현재 내 마음 상태와 유사함을 확인할 때, 그림에 대한 공감은 더 커지기도 한다.

엄마와 함께 지낸 병원에도 리모델링을 하여 한쪽 벽에 그림을 전시하기 시작했다. 본관과 신관을 이어주는 공간에 설치된 그림들을 나는 지나갈 때마다 조용히 감상했다. 지금도 몸이 아픈 많은 사람이 그곳의 그림을 통해 마음을 위로받는다. 그림 자체에서 느껴지는 에너지에는 분명 거대한 치유의 힘이 있다.

어느덧 나는 그림을 가까이하는 삶을 살기 시작했다. 여전히 그림에 대해 잘 모르지만, 그림을 스스로 찾아보고 즐기고 있다. 변화된 나의 일상이 참 신기할 따름이다. 내 인생에서 만난 그림은, 어떤 인연과도 견줄 수 없을 정도로 감사한 인연이다. 감사한 인연의 끈을 계속해서 이어 나가고 싶다.

그림이 처음인 사람들이라도 한 번쯤은 그림을 만나고, 진심을 다해 바라보았으면 좋겠다. 그림 속에는 우리의 마음이 담겨 있다. 그리고 삶의 이야기가 묻어 있다.

진짜 마음을 만나는 시간

감정이란 단어의 사전적 정의는, 어떤 현상이나 일에 대하여 일어나는 마음이나 느끼는 기분을 뜻한다. 분노, 슬픔, 기쁨, 즐거움, 외로움 등 우리는 평생 다양한 감정을 갖고 살아간다. 미국의 추상주의 화가로 유명한 마크 로스코(Mark Rothko)는 이렇게 말했다.

"나는 추상주의 화가가 아니다. 그저 인간의 기본적인 감정을 표현하고 싶을 뿐이다."

그는 자신의 그림을 보러 온 관객들에게 자신만의 그림 감상법을 권유했다. 그림 앞에서 45센티미터 떨어진 비교적 가까운 거리에서 그림을 바라보는 것이다. 한 작품당 관람자 수에 제한을 두고, 작품에 몰입하여 충분히 감상할 수 있도록 한다. 관람자는 마크 로스코의 작품을 보고 종교적인 느낌 속에 숭고함의 감정까지 들었다고 말하기도 한다. 작품 속의 색은 감정을 불러일으키고 구체화해준다. 뚜렷한 형상 없이 압도적인 색채 앞에서 숨어 있는 인간의 감정을 자연스럽게 느끼고 발견하게 하는 것. 이것이 바로 마크 로스코만의 예술 철학이다.

언제부터인지 모르겠지만, 내 속에 다양한 감정들이 존재하고 있다는 사실을 알게 되었다. 섬세한 감정들이 복잡하게 연결되어 있음을 느낀다. 나는 감정에 나름 예민한 편이다. TV를 보다 마음이 아픈 장면이 나오면 쉽게 감정이입이 되고 눈시울이 금방 붉어진다. 뉴스에서 납득하기 힘든 사회 범죄에 관한 기사를 보면 갑작스러운 정의감으로 마음의 흥분이 쉽게 가시지 않는다. 예의가 없는 사람을 만날 때는 하루 종일 불쾌한 감정으로 일이 손에 잘 잡히지 않는다. 누군가의 탐욕스럽고 간사한 마음을 보았을 때 상대방에 대한 실망감으로 혼자 관계의 문을 닫은 적도 많다.

반면에 맛있는 음식을 먹을 때 행복한 미소를 감출 수가 없다. 예쁘고 아름다운 풍경을 보면 감탄사가 연발하여 나온다. 고마운 마음을 전해 받을 때는 금방 감동받는다. 이 모든 상황에 관련된 감정들은 인간이라면 누구나 가질 법한 기본적인 감정이라 할 수 있다.

분명한 것은, 나는 이러한 감정들을 순식간에 느끼고 재빨리 알아차린다는 것이다. 감정과 연결된 표정이 드러나고 마음의 동요가 크게 휘몰아친다. 그렇다고 매사에 감정적이라는 말은 아니다. 뒤엉켜 있는 감정의 복잡한 덩어리로 내적 스트레스를 받는다는 것이 문제다. 그렇다고 복잡한 감정을 산뜻하게 밖으로 잘 표출하는 것도 아니다. 오히려 속으로 삼키기 일쑤다.

사소한 감정을 자주 드러내는 것은 타인을 불편하게 만든다고 생각한다. 감정이 결국 기분으로 표출되어 주위에 쉽게 영향을 줄 수 있기 때문이다. 감정 조절의 대혼란 속에서 나의 마음 에너지가 계속해서 소진된다. 엉켜 있는 감정 실타래가 조금씩 풀리고, 오랜 시간 묵혀 있던 감정이 해소되어야 심신이 비로소 안정될 수 있을 텐데. 상당한 감정 소모로 나는 매번 마음이 지칠 수밖에 없었다.

어떻게 보면 감정에 솔직하고 섬세한 감성을 가진 사람. 극단적으로 이야기하면 예민하고 복잡한 감정의 소유자. 그동안 나에 대해 스스로 내린 결론이다. 이러한 사람이 삶이 끝났다고 느끼며 모든 것이 멈추게 된 순간을 만났을 때, 감정의 복잡함은 절정을 향해 달려간다. 감정들이 더 세분화되어 빠르게 솟구쳐 오른다.

나조차도 알 수 없는 감정들을 어떻게든 정리하고 싶었다. 가슴이 자주 답답했고, 한숨을 크게 몰아쉬었다. 급격하게 말수도 적어졌다. 별일 아닌 일에도 신경질적이었고, 삶에 대한 억울함도 자주 호소했다. 더 이상 침체된 감정의 그림자를 그대로 방치할 수 없었다. 마음의 응급 신호들을 구체적으로 알아차려야만 했다. 나 스스로의 낯선 모습이 두려워서 병원을 두드리기도 했지만, 다녀온 후 내가 느낀 것은 딱 하나였다.

'병원에서 마음 진단을 받았으니, 집에서 마음 회복할 일만 남았겠지. 일단 꽉 막혀 있는 마음 스트레스부터 어떻게든 풀고 싶다.'

꼭꼭 쌓아둔 쓸데없는 감정을 꺼내 버리고 해소하는 것이 급선무라는 생각이 들었다.

뉴욕의 브루클린 부시윅(Bushwick) 지역에 가면 다양한 거리 벽화(street graffiti)를 만날 수 있다. 거리를 지나가면 건물 벽을 캔버스 삼아 그린, 개성 넘치는 아티스트들의 벽화도 눈에 띈다. 작품과도 같은 벽화들이 부시윅 일대를 가득 채우며 이 지역은 사진 촬영 명소가 되기도 했다. 잠시 나도 자유로운 아티스트가 되는 것을 상상해 봤다.

'내 마음 가는 대로 그림을 그리고 색을 칠하면, 잠시라도 기분이 풀리지 않을까?'

예전에 컬러링북에 색칠을 하려고 사놓은 색연필 한 세트가 문득 생각났다. 방 안에 들어가 보니, 거의 사용하지 않은 채 그대로 놓여 있었다. 캐런 할러가 쓴 『컬러의 힘』에는 색채에 대한 글이 적혀 있다. 저자는 색채가 긍정적인 감정을 높여주며 웰빙(well-being)을 추구하기 위해 사용할 수 있는 가장 간단한 수단이자 단시간 안에 효과를 낸다고 언급하고 있다.

특히 개인적으로 인상 깊은 구절이 있다면, 색채의 올바른 활용으로도 우리 본연의 모습에 더 다가가고 주변 사람들과도 가까워진 느낌을 받을 수 있다는 것이다.

봄이 올 때마다 노란 프리지어의 선물로 마음이 더욱 향기롭고 화사해짐을 느낀 적이 있다. 파란색 계통의 재킷을 입을 때, 나도 모르게 신중하게 행동하며 다른 사람의 신뢰를 얻고 싶기도 한다. 일상에서 내가 느낀 색의 힘은 참 강력하고 감정과도 굉장히 밀접한 관계가 있다.

다양한 색들과 만나는 동안만큼은 나는 마음이 자유로워지고 싶었다. 방에 있는 색연필을 꺼내어 그림을 그리기 시작했다. 정확히 표현하자면 하얀 스케치북에 마음이 끌리는 색을 골라 칠하기 시작했다. 색연필을 칠하자 신기하게 집중되고 마음이 홀가분해지는 느낌이었다. 색을 칠하고 채우며, 그림 속 나만의 마음 빛 팔레트가 만들어지기 시작했다. 색연필로 색을 칠하다 보니, 하얀 면적을 넓게 채우는 데 시간이 꽤 걸렸다. 어렸을 적 아버지가 사주신 크레용을 떠올리며 검색하다 보니, '오일 파스텔'이라는 재료가 있다는 사실을 알게 되었다.

나는 오일 파스텔을 주문했고 본격적으로 사용했다. 무의식이 이끄는 대로 나는 색을 자유롭게 칠했다. 복잡하고 심각했던 감정들이 신비로운 색들을 만나 가벼워지고 밝아지기도 했다. 내 마음을 대변해줄 색들과 함께 하얀 스케치북 위에서 자유롭게 춤을 추었다. 그림을 그리고 색을 채우는 시간 동안 어떠한 긴장된 속박도 없었다. 나 홀로 마음을 달래고 즐길 수 있었던 최고의 힐링 시간이었다.

타인의 그림에 진심을 담아 바라보기도 하지만, 이제는 그림에 나만의 색을 담아 텅 빈 마음에 빛을 채워가기 시작했다. 엄마와 함께 집에서 지내는 동안 나는 거의 매일 다양한 색채들과 놀이를 했다. 점심을 먹고 약을 챙겨 드신 후, 엄마는 보통 두 시간씩 낮잠을 주무셨다. 거실 소파에서 엄마가 잠이 들면 나는 조용히 옆에서 오일 파스텔로 그림을 그렸다.

비가 많이 내릴 때면 창문에 떨어지는 물방울을 보며 느낀 감정을 색으로 표현했다. 길을 가다가 만났던 장미를 떠올리며 그림을 그리기도 했다. 답답한 마음에서 벗어나 탈출하고 싶은 간절한 마음, 또는 내가 꿈꾸는 상상력이 나만의 색을 만나 그림으로 표현되었다. 나의 그림을 두고 누군가가 어떤 장르냐고 묻는다면, 나는 추상화에 가까운 '속마음 장르'라고 대답하겠다. 아마 세상에서 유일무이한 장르가 아닐까 싶다.

속마음 장르는 어느덧 하얀 캔버스와 아크릴 물감을 만나 더욱 과감하고 자유롭게 표현되었다. 유튜브를 통해 재료를 새로 구매하여 작가들의 그림 영상들을 따라 그리기도 했다. 한때 여섯 시간 동안 꼼짝없이 앉아 캔버스에 색을 덧칠하는 레이어링(layering) 재미에 빠진 적도 있었다. 붓에 물감을 듬뿍 묻히고, 지그재그로 페인팅할 때마다 드러나는 제3의 색채들로 마음이 충분히 치유받는 느낌이었다.

그림 그리는 재미로 나는 화실의 문을 두드렸다. 화실에서 나만의 '힐링 속마음' 그림을 칠하며, 여전히 불안한 일상이었지만 마음을 달래며 시간을 보냈다.

나의 무의식이 만들어낸, 나만의 마음 빛 그림 활동은 지금까지 계속되고 있다. 누군가 내 마음이 궁금하다고 묻는다면 나의 그림을 보여주고 싶다. 그림을 보며 어떤 생각이 드는지, 본인의 마음 상태는 어떤지 묻고 싶다. 내가 화가들의 작품을 마음으로 바라보고 느낀 것처럼, 다른 사람들도 나의 그림을 보고 자유로운 마음으로 공감할 수 있으면 좋겠다.

내가 그리는 그림은 평가받으려는 그림이 아니다. '진짜 마음'을 나누기 위한 그림이다. 흔들리는 감정을 잠재우고 마음의 빛을 잔잔하게 채우는, 나는 어느덧 행복한 '마음 페인터'가 되었다.

초록빛 휴식과 메모

햇빛을 이토록 좋아하는 사람이 또 있을까. 나는 햇빛의 기운을 톡톡히 받고 있는 사람임이 분명하다. 밝은 햇빛은 내가 살아 있음을 느끼게 해주는 삶의 원동력이다. 커튼을 통해 들어오는 아침 햇살의 속삭임, 햇빛을 받으며 생명력을 뿜어내는 화분, 그리고 햇살 가득한 창가 자리의 안락함. 이 모든 것은 나의 일상에 활력이 되어 주는 행복 요인이다.

대체의학 전문가 안드레아스 모리츠의 책 『햇빛의 선물』에도 햇빛에 관한 내용이 나온다. 저자는 햇빛과 운동은 스트레스를 감소시키는 데 유익한 효과가 있다고 말한다. 신경과민이나 분노 그리고 정서불안 등이 줄어든다고 한다. 스트레스 내성, 자신감, 상상력, 창의성은 높아지기도 한다. 인격적으로도 긍정적인 변화를 가져오고 흡연, 음주 등 해로운 습관이 감소하는 것도 햇빛의 유익한 효과이기도 하다.

햇빛은 나에게 고마움 그 이상의 위대함마저 느끼게 한다. 회사원 시절, 며칠째 계속되는 야근 업무로 피로가 누적되어 있었다. 피로가 쌓이다 보니, 신경도 예민해지고 소화도 잘 안 되었다. 급기야 얼굴 전체에 뜨거운 열 기운이 느껴졌다. 몸살이 올 것 같은 이상한 예감이 들었다.

업무 도중, 가까운 내과에 가서 나는 링거 한 대를 맞았다. 링거를 맞고 약을 처방받은 후 다시 밖으로 나왔다. 몸은 으슬으슬 춥고 처지는 한겨울 상태인데, 밖은 햇볕이 따뜻하게 내리쬐는 봄이었다. 회사에 바로 복귀하지 않고, 나는 잠시 야외에 있는 의자에 걸터앉았다.

유난히 햇살이 쏟아지는 한 의자가 눈에 띄었다. 그 의자로 자리를 옮겨 잠시 눈을 감았다. 그렇게 추위에 떨었던 몸이 따뜻한 햇볕을 받으니 사르르 녹는 듯했다. 링거를 맞으면서도 머릿속이 이리저리 복잡했는데, 의자에 앉아 있는 순간 아무 생각도 나지 않았다. 늘 긴장된 상태로 두근두근 뛰던 심장도 어느새 규칙적인 심박수를 찾았다. 한없이 처진 기분도 햇볕을 받으니 언제 그랬냐는 듯 괜찮아졌다. 햇빛은 일상 속 스트레스를 해소해주고 정서적으로도 편안하게 치유해주었다. 그날의 햇빛은 내 아픈 심신을 달래준 최고의 약이었다.

나의 간병 생활이 계속되었을 때도, 유독 지친 마음을 돌봐준 존재도 바로 햇빛이었다. 병원 안에서 창밖을 바라보는 것조차 답답하게 느껴질 때가 많았다.

엄마의 몸 상태가 나쁘지 않을 때, 나는 30분 정도 짬을 내서 병원 건물을 나선다. 병원에서 나오면 입구 쪽 계단 옆에 작은 정원이 하나 있다. 정원이라고 하기에는 좁은 공간이지만, 테이블과 의자가 있고 주위에 초록 풀들이 가득하다.

내가 잠시 쉬고 싶은 마음이 들 때마다 자주 찾아간 유일한 곳이다. 삶의 가장 어두운 곳에서 한없이 움츠려 있던 내가 눈부신 다른 세상에 와 있다는 착각마저 들게 한다.

나는 한 손에 아이스 아메리카노를 어김없이 들고, 벤치에 앉아 하늘을 올려다본다. 햇빛에 눈이 부셨지만 입가에는 미소가 번지고 마음이 편안해진다.

주위를 둘러보니 나와 비슷한 간병인으로 보이는 사람들이 햇빛 휴식을 취하고 있었다. 작은 공간에서 저마다 숨을 고르며 고된 일상에서 쉼을 찾고 있었다. 병원의 작은 정원은, 막힌 일상의 탈출구이자 없어서는 안 될 내 마음의 휴게실이었다.

2020년 5월 16일, 내가 남긴 짧은 메모가 눈에 띈다. 당시 찍은 사진 한 장에는 초록 풀들 사이로 수줍게 핀 노란 튤립 한 송이가 있다.

숨

그동안 숨을 쉬고 사는지 모를 정도로 나는 지나치게 긴장하며
살았나 보다.
긴 호흡과 함께 내쉬는 숨이 시원하게 느껴진다.
잠시 숨을 편안하게 쉴 수 있어서 기분이 덩달아 좋아지고,
숨의 휴식을 선사해준 초록빛 풀들이 새삼 고맙다.

병원의 작은 정원일지라도 나에게는 큰 숲과도 같았다. 짧은 시간이었지만, 나는 오랜만에 편안하게 숨을 쉬며 호흡했다. 눈부신 햇빛이 방전된 나를 충전해주고, 초록빛 풀들은 숨이 막힐 듯한 삶에 신선한 산소를 불어넣어 주었다. 그 후에도 나는 햇빛과 초록빛 풀과 나무가 있는 곳이라면 스스럼없이 찾아갔다.

병원 밖 보통의 일상을 갖게 된 어느 날 오전, 오일 파스텔과 스케치북 하나를 들고 나는 집 앞 공원에 갔다. 오전 11시경의 햇살에 나는 유독 설렌다. 오후의 뜨거운 햇살보다 적당하게 따뜻한 온기의 부드러운 감촉이 느껴지기 때문이다.

나도 모르게 소풍 가는 아이마냥, 김밥 한 줄을 사 들고 공원 벤치에 갔다. 간병 생활로 항상 나를 걱정해주시는 시어머님이 문득 생각이 나서 전화를 걸었다.

"어머님, 잘 지내시죠? 저는 잘 지내고 있어요."

"많이 힘들지? 그래도 참 기특하다, 우리 지현이. 혹시 지금 밖에 나왔니?"

"네, 어머님. 저 지금 집 앞으로 소풍 나왔어요. 김밥도 사와 벤치에 앉아 있어요."

"아니, 왜 혼자 있어? 시간 날 때 친구들 만나서 맛있는 것도 먹고 수다도 떨지."

"이런 시간 갖는 것이 저는 좋네요. 편안하고 기분 좋은 휴식이거든요."

홀로 정체된 생활을 하는 나를 항상 걱정해주신 어머님. 나 홀로 보내는 소풍 광경이 무척이나 낯설게 느껴지셨나 보다. 어머님은 나를 걱정하시면서도 핸드폰 너머로 들리는 나의 씩씩한 목소리에 안심하시는 것 같았다. 그 후로도 어머니와 전화 통화를 할 때면, 어머님은 내가 공원으로 소풍을 나왔는지 묻곤 하신다. 이제는 잘 쉬고 들어가라고 응원까지 해주신다. 나의 휴식을 이해해주시고 공감해주신 마음이 감사하다.

전화 통화 후, 나는 잠시 주위를 둘러본다. 어린아이들이 엄마와 함께 햇볕을 쬐고 있다. 농구장 골대 주위로 학생들이 땀을 흘리며 열심히 농구를 즐긴다. 어떤 할아버지는 강아지와 함께 산책을 하신다.

공원에서 나는 오일 파스텔을 집어 들고 그림을 끄적이며 색을 채워간다. 벤치 주위의 키 큰 나무들이 나를 감싸주고 있다. 벤치에서 올려다본 하늘은 파란 파스텔로 칠해진 듯 깨끗하고 청명하다. 초록빛 휴식을 취하며 남긴 그날의 메모가 여전히 남아 있다.

초록빛

여기저기 초록빛 기운이 넘친다. 공기에 색이 있다면,
분명 산뜻한 초록색을 가졌을 것이다.
오늘은 초록빛 공기를 마시고, 잔뜩 들어간 쓸데없는 긴장감과
자존심의 힘을 모두 빼고
나는 한없이 가벼워지고 싶다.

아낌없이 주는 나무

북적이는 카페보다 공원의 나무 벤치가 좋다.
나를 위로해주는 키 큰 나무들이 있기 때문이다.

내 곁에 서서 묵묵하게 나를 바라봐주는 아낌없이 주는 나무.
침묵해도 어색하지 않은, 내가 요즘 자주 만나는 가장 편안한 친구다.

이 글들을 다시 보니 나의 평온했던 당시 기분이 고스란히 전해진다. 눈부신 햇빛, 산뜻한 초록 풀과 나무들. 아무리 이들이 내 가까이 있어도 제대로 바라본 적 없는 날들이 더 많았다. 그러던 어느 날부터, 나는 그들의 변함없는 편안한 손길을 알아차리기 시작했다. 자연의 품 안에서 나는 천천히 호흡할 수 있었고, 메말라 있던 마음도 다시 촉촉해졌다. 나를 감싸주고 있었던 자연이 바로 치유의 에너지였다.

지금도 나는 초록빛 에너지를 받고 싶을 때마다 집 앞 공원을 간다. 그곳에서 나는 다시 깨어난다. 햇빛이 선사하는 환한 세상을 마주하며 하루의 희망을 가져본다. 햇빛 조명을 받아 선명해진 초록 잎과 풀 속에 눈과 마음을 담아본다. 초록빛 휴식을 통한 치유는 내가 다시 발견한 최고의 삶의 선물이다.

차 한잔 어때요

유독 나는 11월의 가을 날씨에 취약하다. 가을에서 겨울로 넘어가기 직전의 제법 쌀쌀한 날씨, 차가운 바람의 감촉에 온몸이 덜덜 떨린다. 계절과 상관없이 나는 아이스 아메리카노를 마시지만, 가을바람 앞에서 마음이 변심할 때가 있다.

모닝커피를 마신 상태에서 오후에 잠시 카페에 들른 적이 있다. 입가에서 목구멍 안쪽으로 아이스 아메리카노를 한 잔 더 달라는 신호가 온다. 목구멍 뒤쪽부터 심장 너머로는 따뜻한 커피를 달라는 신호를 받는다. 아메리카노를 두고 콜이냐 핫이냐를 외치며 심오한 갈등에 빠진 셈이다.

갈등하면서도 주문대에서 내가 고른 것은 다름 아닌 따뜻한 민트티였다. 추위 극복과 카페인을 덜기 위해 선택한 차 한잔이다. 최선의 선택으로 고른 따뜻한 차 한잔이 어느덧 나의 일상 가까이에 스며들었다.

차 한잔을 마시며 문득 생각해보니, 나는 따뜻한 차가 익숙한 환경에서 자랐다. 어렸을 때부터 나는 엄마의 기침하는 장면을 자주 보았다. 엄마는 태어났을 때 기관지 쪽이 유독 약했다고 한다. 호흡기관이 좋지 않다 보니, 집에서도 마른기침을 자주 하셨다.

그럴 때마다 엄마는 배 하나를 꺼냈다. 배 안쪽까지 도려내고 그 안에 꿀을 넣었다. 찜기에 배를 넣고 푹 물러질 때까지 찐다. 시간이 지나면 수증기를 품은 배 안쪽에 자연스럽게 수분이 고이기 시작한다. 달콤하고 따뜻한 수분이 충분히 우러나오면 엄마는 티스푼으로 떠서 마신다. 마시고 나면 확실히 기침이 덜해지고 아픈 목도 한결 나아지셨다.

한의학에서는 배가 만성기침과 가래 해소에 효과적이라고 언급한다. 배에 루테올린이라는 성분이 풍부하게 함유되어 있어 기관지염, 기침, 가래를 다스리는 데 좋다. '차 한 잔이 보약'이라는 말이 절대 지나치지 않을 정도다.

엄마는 가끔씩 생강차도 챙겨 마셨다. 평소 손발이 차가운 엄마의 몸을 따뜻하게 해주는 생강의 효능은 찰떡궁합이다. 생강의 매운 성분인 진저론은 땀을 내게 하는 효능이 있다. 감기 기운이 있을 때 생강차를 마시면 큰 도움이 된다. 내가 처음으로 생강차를 마실 때가 기억난다. 생강 특유의 쌉싸름한 향이 강했지만 마냥 싫지는 않았다. 온몸이 데워지면서 경직된 몸의 긴장이 풀리는 느낌이 좋았다.

추운 몸을 이끌고 방문한 카페에서 수제 생강차를 판매하면 나는 한 번씩 생강차를 주문해서 마시곤 했다. 수제 생강차가 굳이 아니라도 허브차 종류의 진저티도 자주 마셨다.

그러던 어느 날, 해마다 받는 건강검진에서 기존에 보이지 않던 증상이 나타나기 시작했다. 4년 전 나는 고혈압 진단을 받았다. 사람이 밀집된 곳에 가면 유독 가슴 한쪽이 오랫동안 답답했다. 신경을 조금만 써도 머리 전체가 뜨거워지고 두통이 심해지곤 했다. 아무리 고혈압이 흔한 질병이라고 하지만, 40대도 안 되어 고혈압 진단을 받은 기분은 썩 좋지 않았다.

지금도 매일 같은 시간에 약을 챙겨 먹고 있다. 환절기 때는 약 이외에도 생강차를 자주 마시려고 한다. 생강에는 마그네슘과 아연이 함유되어 혈액순환 개선에 도움을 주고, 심혈관 질환에도 효과적이기 때문이다. 차와 가까이 지내면서 건강을 챙기는 삶이 본격적으로 시작되었다.

아침에는 주로 아이스 아메리카노를 마시지만, 가끔씩 따뜻한 차로 하루를 시작하기도 한다. 비가 오는 날에는 무조건 따뜻한 차를 마시는 편이다. 간편하게 티백을 이용하거나, 차를 우려 티팟에 담아 마시기도 한다. 차 종류가 다양하지만 나는 그중 '다즐링 차

(Darjeeling tea)'를 좋아해서 자주 마신다. 일명 '홍차의 샴페인'이라고 하는 다즐링 차는 서늘하고 안개가 자주 끼는 인도의 다즐링 지역에서 생산된다. 가벼우면서 마치 포도 품종의 깊고 풍부한 맛이 느껴져서 좋다.

다즐링 차를 우려낸 오렌지빛이 감도는 밝은 갈색의 찻물을 볼 때마다 마치 촉촉한 흙이 뒤덮인 땅이 연상된다. 다즐링 차를 마실 때마다 이슬비가 내리는 안개 낀 숲속 오솔길을 걷는 느낌이다. 그래서인지 비 오는 날의 아침마다 나는 따뜻한 다즐링 차 한잔을 끓여 운치 있게 마시고 싶은 생각이 간절해진다.

비가 올 때면 부엌 창문을 살짝 열어둔다. 바람이 불어오고 빗소리가 들린다. 창문에 맺힌 빗방울을 감상하며 김이 모락모락 피어오르는 따뜻한 차를 즐긴다. 차 한잔으로 마치 반신욕을 하는 기분이다. 습한 기운에 따뜻한 차 한잔이 만나니, 몸 전체가 노곤노곤해지는 느낌이다. 눈을 잠시 감으면 차 한잔의 온기가 더욱 진하게 전해진다. 마치 온천탕에 몸을 담근 것처럼 심신이 편안해진다.

2021년 5월경, 〈헤럴드경제〉 신문에 실린 건강 기사를 본 적이 있다. 기사를 읽다 보니 차의 중요성이 더욱 느껴진다. 어느 한의사와 인터뷰한 내용에 따르면, 따뜻한 차는 몸의 긴장을 풀어주며 특히 마음과 몸이 편안해지면서 면역력도 높아진다. 차를 준비하고 천천히 마시는 것, 현대인에게 꼭 필요한 시간이라는 말에 나도 모르게 고개가 끄덕여진다.

차는 건강뿐만 아니라 마음까지 돌보는 또 다른 치유제가 분명하다. 차에서 특별한 점을 발견했는데 그것은 바로 '속도'이다. 따뜻한 차를 마실 때 굳이 서두를 필요 없이 천천히 음미하며 마신다. 느림의 미학이 자연스럽게 연출된다. 입술에 대면 차에 녹아 있는 향취가 은은하게 코끝을 자극한다.

천천히 차 한 모금을 넘겨본다. 입 안 가득히 차의 풍미가 채워지고, 목 넘김 뒤에는 아쉬운 여운이 남는다. 따뜻한 차는 심장을 타고 서서히 온몸 전체로 흘러간다. 몸이 따뜻해지고 마음이 편안해진다. 이 모든 과정을 섬세하게 느낄 때 비로소 차의 매력에 빠지게 된다. 속도를 느리게 할수록, 차 고유의 매력을 선명하게 발견할 수 있다.

차 한잔은 나에게 황홀한 휴식을 선물했다. 차를 마시는 순간마다 나는 인생을 배우는 중이다. 평소 조급한 성격도 여유가 생겨 조금씩 느긋해졌다. 서두르지 않고 천천히 속도를 내며 길을 가도 괜찮다는 위안을 얻는다. 예기치 않은 일로 짜증이 밀려와도 감정을 차분히 제어할 수 있다.

차 한잔이 주는 평온함으로 마음이 무장 해제된다. 날카로운 마음의 모서리도 서서히 둥글어진다. 가까운 사람들과 술자리 못지않게 진솔한 대화를 오랫동안 나눌 수 있다.

나는 차 한잔으로 풍요로운 삶을 얻었다. 무엇보다 마음이 차분해지고 너그러워짐을 느끼며 살아갈 수 있어 기쁘다.

오늘도 비가 와서 그럴까. 마치 숲속의 향을 마시는 듯한 다즐링 차 한잔이 마시고 싶은 날이다. 코끝에서부터 입 안 가득 느껴지는 다즐링의 풍미는 그야말로 예술이다. 따뜻하게 물을 데워 지금 한 잔 마셔볼까.

따뜻한 목욕은 그리움을 담고

어릴 적 엄마 손을 잡고 동네 목욕탕을 자주 다녔던 기억이 여전히 선명하다. 목욕 바구니에 샴푸, 샤워 젤, 바디로션 그리고 이태리타월을 담아 목욕탕에 갔다. 깔끔한 성격 때문인지는 모르겠지만 엄마는 목욕탕에 가는 것을 무척 좋아하셨다.

매주 평일에 책가방처럼 목욕 바구니를 챙겨 나는 엄마와 함께 목욕탕에 갔다. 어린 나이 때부터 엄마와 자연스럽게 목욕탕에 다니다 보니, 뜨끈한 탕에 몸을 담그는 맛의 기분을 알게 되었다.

나는 40도가 조금 넘는 열탕의 뜨거움을 시원함으로 승화한 최초의 어린이였을지도 모른다. 아재들이 탕에 몸을 담그자마자 "거참 시원하네" 하고 외치는 느낌이 무엇인지 알 것 같았다. 잦은 목욕탕 방문으로 나는 어른 못지않게 목욕을 즐기는 베테랑이 되었다.

목욕탕에서 나는 주로 반신욕을 즐긴다. 먼저 가볍게 샤워를 하고, 탕 안으로 몸 전체를 푹 담근다. 몸의 경직된 근육들 사이마다 마치 뜨거운 찜질팩이 지나간 것 같다. 뻣뻣한 목, 어깨, 허리 그리고 허벅지까지 전신이 부드럽게 풀리는 느낌이다.

몸에 보일러가 가동되듯, 서서히 열기가 올라오며 머리까지 뜨거워진다. 그때, 심장 위쪽의 가슴부위를 물 밖으로 나오게 하고 양팔을 탕 밖으로 내놓는다. 본격적인 반신욕이 시작된다. 머리 위쪽은 시원하고, 몸 아래쪽은 따뜻하다. 이때가 바로 시원함과 개운함이 동시에 터지는 순간이다. 반신욕은 37~39도의 온도로 10~20분 동안 충분히 즐길 수 있다.

반신욕을 하면 혈액순환이 촉진되고 몸 안에 있던 노폐물이 빠져나간다. 몸 전체가 빠른 시간에 따뜻해져 자주 하면 몸에 좋은 효과적인 목욕법이라고 한다. 특히 몸이 차갑거나 잘 붓는 사람들에게 꼭 추천하고 싶은 건강 관리법이다.

반신욕의 효과가 입증되기도 전에 난 벌써부터 긍정적인 효과를 맛보면서 자연스럽게 습득했다. 지금까지 일상에서 자주 실천하며 즐기고 있다.

결혼 전, 엄마와 함께 살던 집 욕실에 욕조가 있었다. 몸이 춥거나 피곤함이 느껴질 때면, 나는 잠들기 전 욕조에 물을 채워 몸을 담그곤 했다. 가득 채운 뜨끈한 물에 허브 계열의 라벤더 입욕제나 로즈마리 아로마 오일을 뿌려 놓는다. 은은한 향이 욕실 가득 퍼진다. 그동안 쌓였던 피로감이 풀리며 심신이 편안해진다. 운동 후의 반신욕은 불면증 타파를 위한 꿀잠 비법이기도 하다. 반신욕을 하기 전후의 몸 상태가 상당히 달라짐을 매번 느낀다. 찌뿌둥한 몸이 확실히 풀리면서 눈에 띄게 회복된다.

국내외로 여행을 갈 때마다 나는 숙소의 욕조에서 반신욕을 하며 따뜻하게 휴식을 취한다. 유명한 스파숍이 있다면 마다하지 않고 예약해 마사지까지 받는다. 사실 우리나라 사람들은 마사지를 받으며 피로를 푸는 것을 좋아하는 경향이 있다. 물론 나도 전문가의 손길로 피로를 푸는 마사지와 함께 뜨거운 물과 압력을 이용한 스파를 좋아한다.

개인적으로 스파와 반신욕의 다른 점을 발견했다. 스파가 몸의 피로를 풀어주는 것에 집중되어 있다면, 따뜻한 물에 몸을 맡기는 반신욕은 마음의 피로를 풀어주는 데 집중된 느낌이다. 이왕이면 정신적 휴식까지 치유해주는 반신욕을 나는 여전히 선호한다. 심지어 일상생활에서 언제든지 할 수 있는 친근한 건강 습관이 될 수 있다.

사회생활을 하면서 연차를 내어 평일 낮 여유가 생길 때면 엄마와 목욕탕에 가곤 했다. 목욕탕에서 반신욕을 하며 몸의 피로를 푸는 것도 좋지만, 탕 밖에서 차가운 녹차를 마시며 삶은 달걀을 까먹는 즐거움은 더욱 좋다. 수분 보충을 해주고 푹 꺼진 배를 달래준다. 탕 밖에서 간단한 다과를 즐기며, 엄마와 그동안 나누지 못했던 수다로 한바탕 이야기꽃을 피운다.

다시 탕에 들어갈 때면 엄마는 나의 몸을 직접 씻겨 주셨다. 손이 닿기 힘든 등 부위를 밀어주고, 내 몸을 구석구석 닦아주셨다. 엄마는 다 큰 나를 굳이 직접 씻긴 뒤, 당신의 목욕을 이어갔다. 목욕하는 동안 엄마의 눈에는 내가 여전히 엄마의 손길이 필요한 어린아이였나 보다.

세월이 흘러, 둘의 역할은 한순간에 바뀌었다. 내가 엄마의 등을 밀어주고 엄마의 몸을 씻기게 된 것이다. 힘든 투병 생활이 시작되면서 엄마가 좋아하는 목욕탕은 더 이상 갈 수 없게 되었다.

어느 날부터 엄마의 온몸에 근육이 심하게 빠지기 시작하면서 혼자 목욕하는 것조차 힘들어졌다. 엄마가 목욕을 할 때마다 대부분 내가 함께 욕실에 들어갔다. 앙상하게 마른 엄마의 뒷모습을 잠시 바라보고 있는데 엄마가 말을 꺼냈다.

"목욕탕을 못 가니, 집에서라도 때를 자주 밀어야 할 것 같네. 병원에서는 잘 씻지도 못하겠고."

"엄마, 때는 너무 자주 밀어도 안 좋아. 내가 등부터 구석구석 살살 밀어줄 테니 가만히 있어 봐."

엄마가 좋아하는 프리지어 향의 샤워 젤을 이태리타월에 묻힌 뒤, 엄마의 온몸을 닦아주었다. 극심한 항암 후유증으로 밤에 잠들기가 힘든 엄마에게 나는 덧붙여 말했다.

"엄마, 내가 욕조에 물 받아둘 테니까 몸을 잠깐만 담가봐. 목욕탕은 못 가더라도 집에서 반신욕 하면 확실히 개운하고 잠도 잘 올 거야."

나는 욕실에 물을 채우고, 입욕제를 넣었다. 엄마의 몸을 부축해 욕조에 몸을 담그게 했다. 나는 잔잔한 음악을 틀고 욕실 문을 살짝 닫았다. 시간이 조금 지난 뒤 욕실 문을 열어보니, 엄마는 여전히 눈을 감고 편안한 얼굴로 반신욕을 즐기고 있었다.

"엄마, 너무 오래 있어도 힘들어. 이제 욕조에서 나오셔도 될 것 같아."

"5분만 더 있다 나갈게. 참 따뜻하고 좋다."

반신욕을 시도한 그날 밤, 엄마의 기분은 무척이나 산뜻해 보였다. 나도 덩달아 기분이 좋아졌다.

엄마와 목욕을 하던 그 시절이 너무나도 그리워진다. 다시는 오지 않을 시간이 되어버려 마음 한구석이 뭉클해진다. 엄마가 돌아가신 후 목욕을 할 때마다 엄마의 모습이 떠오른다. 엄마와 함께한 따뜻한 목욕의 순간은 평생 잊지 못할 행복한 그리움이 되었다.

문득, 스페인 화가 호아킨 소로야(Joaquín Sorolla)가 발렌시아 해변을 배경으로 하여 그린 「목욕을 하고After Bathing」(1915)가 떠오른다. 타월로 아이의 몸을 감싸 안고 나오는 여인의 모습이 낯설지 않다.

이 그림을 볼 때마다 엄마와의 목욕 추억이 떠오르면서 마음이 따뜻해진다.

오늘따라 내 몸을 씻겨 주던 엄마의 손길이 그립다. 내가 엄마를 씻겨 주었을 때 살포시 짓던 엄마의 환한 미소가 보고 싶어지는 날이다.

나와 연결된 관계망을 정리하며

이사를 앞두고 집 정리를 한다. 앨범을 정리하다가 앨범 속 사진들을 잠시 감상한다. 나의 성장기와 당시 연결된 관계망이 파노라마처럼 펼쳐진다. 나의 흑역사 시절인 여고생 때의 순수하고 촌스러운 모습을 보니 순간 찐 웃음이 터진다. 사진 속 어깨동무를 하며 익살스러운 표정을 짓고 있는 친구들을 보니 새삼 반갑다. 고등학교를 졸업하고, 대학교 시절의 사진들이 이어서 눈에 띈다.

대학교 때는 그야말로 베스트 프렌드인 소수의 친구들이 있었다. 그중 친한 친구 한 명과 함께한 모든 추억이 하나둘씩 떠오른다. 우리 둘은 도서관에서 과제를 하기도 하고, 카페에서 뭐가 그리 좋은지 깔깔대며 연신 수다를 떨기도 했다. 가끔씩 파전에 맥주 한 잔을 기울이며 웃음과 눈물 속에서 고민과 꿈을 밤새 나누기도 했다. 왜 그렇게 스티커 사진은 많이 찍었는지. 사진들을 하나둘 바라보니, 모든 것이 빛나는 싱그러운 청춘이었다. 그렇게 20대가 지나가고 30대의 사회생활로 연결된 선후배, 동료들이 어느덧 밀접한 관계망이 되어 있었다.

그동안 나를 스쳐 지나간 많은 인연이 있었다. 그 인연들은 나를 둘러싸며 돈독한 관계망을 형성했다. 나와 연결된 관계망은 늦깎이 사회생활의 시작과 함께 훨씬 넓어졌다. 한 회사의 조직에 합류하고 팀원이 되면서 새로운 인연을 만날 기회가 많아졌다. 이직을 하면서 기존의 인연과는 본의 아니게 흐지부지한 상태로 안녕 하기도 했다. 동시에 새로운 회사에서 또 다른 인연을 만나고 관계를 유지해 나갔다.

지나간 인연들이 새삼 생각날 때가 있다. 지나간 인연들을 떠올릴 때의 상태를 스스로 정의한 단어가 있다. 바로 '인연 안부'다. 지나간 인연의 안부가 문득 궁금해지는 순간을 의미한다. 인연 안부에는 세 가지 유형이 있다. 첫 번째는 '연애 안녕', 두 번째는 '팀장님 잘 지내십니까', 세 번째는 '친구야 보고 싶다'이다.

첫 번째의 인연 안부 시작은 한 편의 드라마에서 시작된다. 어느 날 정주행하며 보기 시작한 드라마가 마음 한구석에 자리 잡았다. 바로 2020년 SBS TV 드라마 「브람스를 좋아하세요?」였다. 클래식 음악을 전공하는 학생들의 흔들리는 꿈과 사랑에 관한 이야기였다. 풋풋한 설렘을 담은 연애 감정과 순수한 꿈을 좇아 열심히 사는 청춘의 장면에 나도 모르게 흠뻑 빠지고 말았다. 잔잔하게 흘러나오는 클래식 음악은 마음의 감성을 자극했다. 드라마 장면 중, 어느 피아노실에서 남주인공인 준영이 여주인공인 송아를 향해 그동안 쌓았던 감정을 섬세하게 고백하는 장면이 있다.

"좋아해요, 좋아한다고요. 좋아해, 좋아해요. 이 말 하려고 왔어요."

별다른 이야기 없이, 좋아한다는 말 한마디가 이토록 설레는 고백이었던가. 내가 마치 여주인공 송아가 된 것처럼 어찌나 마음이 떨렸는지 모른다. 갑자기 옛 연애 시절이 소환되더니, 한 페이지가 내 머릿속을 스쳐 지나간다.

한때 나도 누군가에게서 좋아한다는 고백을 받았던 시절이 있었다. 서투르고 순수했던 연애 경험이 새록새록 떠오르며 마음이 말랑말랑해진다. 문득, 진심을 담아 나에게 고백을 전한 친구의 안부가 궁금해진다. 이제는 내 인생에 예쁜 설렘의 추억을 남기게 해주어 고맙다는 생각마저 든다.

두 번째의 인연 안부를 생각하면 떠오르는 사람이 있다. 나의 신입사원 시절, 첫 회사의 남자 팀장님이다. 국내 화장품 브랜드 상품기획팀에 입사했을 무렵, 팀장님의 첫인상은 굉장히 강했다. 한마디로, 일에 대한 애정이 넘치고 열정이 들끓는 타입이었다. 목소리가 크고 감정 표현이 다소 과격한 팀장님과 함께하는 시간은 결코 쉽지 않았다. 당시에는 그의 감정적인 성격 때문에 함께 일하는 시간이 매번 두렵고 긴장되었다. 술을 유독 좋아하는 성향이라 일주일에 자체적인 회식 자리도 무척 많았다. 잦은 회식으로 몸이 상하고 또 다른 커리어 욕심이 생기던 찰나에, 나는 결국 회사를 그만두었다.

참 신기한 것은, 10년 이상 사회생활을 하면서도 문득문득 그 팀장님이 떠오른다는 사실이다. 생각해보니, 그 팀장님은 일에 내한 넘치는 열정으로 일하는 즐거움을 많은 사람과 함께 나누고 싶어 했다. 감정 표현이 강했지만, 감성적이고 섬세한 분이었다. 회사 내수 상품을 개발할 때, 본인의 얼굴에 각종 메이크업 테스트를 마다하지 않아 웃음을 선사하기도 했다. 심지어 문서를 작성할 때 문구와 방법까지 하나하나 신입사원에게 꼼꼼히 알려주기도 했다. 그는 내가 만난 상사들 가운데 가장 일에 진심이고 인간적인 분이었다. '연락 한번 꼭 드려야지' 하면서도 바쁘다는 핑계와 용기 내지 못한 소심한 마음으로 지금까지 인연 안부만 전하고 있다.

세 번째의 경우, 좋은 인연으로 닿았는데 흐지부지한 관계로 마무리한 사람들이 있다. 용기 내지 못해 좋은 인연을 놓친 셈이다. 회사에서 만났지만 마음이 이상하게 잘 통한 사람들이다. 다른 팀이지만 점심을 먹다가 금방 친해진 동료도 있다. 심지어 배움을 위해 찾아간 곳에서 순식간에 친해진 사람들도 분명 있었다. 지금이라도 연락해서 안부를 물을 수 있지만, 이것도 먼저 용기 내지 않으면 쉽지 않을 일이다. 먼저 안부를 물으며 다른 사람의 일상을 챙기는 유들유들한 성격이면 참 좋으련만.

마음의 거리가 어느 정도 가까이 확보되어야 나는 지속적인 인연을 이어가는 편이다. 필요에 의한 연락과 만남을 유독 싫어하는 성향이기도 하다. 형식적인 사회적 관계망을 야무지게 만들어놓는 것도 필요한 세상인데, 관계에 대한 특유의 진지함을 홀로 유지하고 있는 것이다. 그런 탓에, 지금까지 알찬 관계망을 제대로 구축하지 못했다. 인맥이 결정적으로 필요하고 작용하는 기회가 왔을 때도 똑 부러지게 챙기지 못한 빈약한 사회 관계망으로 빛을 보지 못하기도 했다. 시간이 흐르고 나이가 들어가니, 지나간 인연에 대한 아쉬움과 소중함이 한꺼번에 몰려온다.

나와 연결된 관계망에 대해 이런저런 생각을 해본다. 관계망에 대한 감정은 고정되지 않고 끊임없이 변한다. 지나간 인연에 대한 후회와 아련함의 감정을 갖는다. 요즘 들어 현재의 인연에 새삼 감사함을 느낀다. 새롭게 만들어지는 인연이 이제는 부담스럽지 않고 오히려 반갑게 느껴진다. 나와 마음의 거리가 가깝게 있든 없든, 한 번 스쳐간 인연이 무척이나 소중하다. 이런 생각이 든 결정적인 계기는, 간병으로 정체된 삶을 살면서 관계에 대한 생각을 돌아보게 한 시간 때문이었다. 회사를 그만두고 사회적 연결망에서 벗어난 이후에 나의 가치관은 어느덧 달라져 있었다.

로이스 맥마스터 부욜의 명언 가운데 "역경은 누가 진정한 친구인지 가르쳐준다"라는 말이 있다. 회사를 그만두고 하루하루가 불안함으로 치솟는 시간이었을 때, 나는 관계에 대해 처음으로 진지하게 생각했다. 가장 가깝다고 생각했던 사람들로부터 가끔씩 찾아오는 상처와 서운함이 강하게 작용했던 순간들이 있었다. 오히려 생각지도 못한 제3의 관계망 사람들에게서 받은 따뜻한 말 한마디로, 나는 내일을 살 수 있는 용기를 얻기도 했다.

사회적인 위치보다 인간적인 나를 보고 가끔 안부를 물어봐 주는 사람들이 더욱 고맙게 느껴진다. 물론 이전에 나와 가까이 닿아 있는 사람들과의 연결망이 완전히 끊어진 것은 결코 아니다.

그때와 달라진 점은, 나의 사고방식이다. 돈독하다고 생각했던 관계의 사람들에 대한 기대와 집착의 끈이 느슨해졌다. 후회와 서운함으로 가득했던 한때의 감정도 이제는 희미해졌다. 특정 사람들을 향한 지나친 나의 관계 욕심이 사라져가고 있다. 어느새 관계에 대한 유연한 마음이 자리 잡기 시작했다. 인생의 홀로서기를 시작하면서 지내고 있는 요즘, 나와 연결된 관계망이 새롭게 만들어지는 중이다.

"여러분을 더욱 높이 올려줄 사람만을 가까이 두세요."

어느 날 문득, 오프라 윈프리의 이 한마디를 마음으로 듣게 되었다. 마음의 거리보다 중요한 것은 마음의 결이다. 마음의 결이 단단하게 자리 잡았을 때 마음의 거리는 자동적으로 가까워질 것이다. 이제 나는 서로 다른 삶을 진심으로 공감해주고 응원해주는 마음의 결이 맞는 사람들을 자주 만나고 싶다.

인간관계에서 취향이 비슷한 사람을 찾는 것보다 중요한 것은, 인생 가치관이 비슷한 사람들과 연결된 삶을 사는 것이다. 꿈꾸는 인생철학이 유사하게 닿아 있는 사람들과 만날 때, 더욱 단단한 나로 살아갈 수 있는 삶의 용기와 자신감을 얻을 수 있다. 만약 인생관과 삶의 방식이 비슷하진 않더라도 각자의 위치에서 서로를 지지해주고 응원해줄 수 있는 진정한 사람들이라면 언제든지 만나고 싶을 것 같다.

이제 움츠린 관계의 벽을 허물고 열린 마음을 갖고 싶다. 나와 연결된 관계의 선을 쉽게 놓치지 않고 계속해서 그려 나가고 싶다. 우리 삶에서 만난 모든 인연은 사랑만큼 소중하니까.

4부

평안

평범한
외출을 꿈꾸며

엄마가 사랑한 쇼핑

아무리 몸과 마음이 축 늘어져도 들어서는 순간 기분이 좋아지는 마법 같은 공간이 있다. 그곳은 바로 '백화점'이다. 각층마다 유명 브랜드 상품들로 눈길을 사로잡는 백화점은 사람의 마음을 홀리는 재주가 있다. 멋스럽게 진열된 신제품에 동공이 정신없이 흔들리고 마음을 빼앗기니 말이다. 순식간에 즐거운 몰입이 시작된다.

더운 여름, 그날도 내가 사는 집 근처에 있는 백화점으로 갔다. 엄마와 함께 1층에 들어선 순간, 오랜 병원 생활로 지쳐 있는 엄마의 표정에 생기가 돌았다. 엄마가 아프기 전, 백화점으로 출근해서 퇴근한다는 말이 나올 정도로 백화점에 대한 엄마의 사랑은 각별했다. 안타깝게도 엄마는 투병 후 계속 변해 가는 당신의 모습을 사람들에게 보이기 싫었는지 오랫동안 백화점에 가지 않으셨다. 몸무게가 15킬로그램이나 빠지고 몇 가닥 남아 있지 않은 머리카락 때문에 엄마는 항상 모자를 써야 했다.

항암 휴지기에 몸에 맞는 새 옷과 모자도 살 겸, 오랜만에 우리 모녀는 백화점에 갔다. 엄마가 좋아하던 의류 브랜드 매장이 있는 곳으로 에스컬레이터를 타고 올라갔다. 솔직히 나는 그 매장에 가고 싶지 않았다. 분명 변해 있는 엄마의 모습을 보고 놀라며 안타깝게 쳐다볼 사람들의 모습이 그려졌기 때문이다. 나보다 엄마가 먼저 그런 반응을 예상했겠지만, 엄마는 그날 큰 용기를 냈다. 오랜만에 매장에 들어선 순간이었다.

"잘 지냈어요, 다들? 매니저님도 계시네."

"어머, 사모님……. 자주 안 보이셔서 걱정했어요. 소식은 전해 들었는데 너무 놀랐어요. 몸은 좀 괜찮아지신 거예요?"

"그동안 너무 아팠지, 뭐. 괜찮아요. 살이 많이 빠져서 옷이 맞는 게 없더라고."

까매진 낯빛과 비쩍 마른 엄마의 모습을 보고 다들 흠칫 놀라는 눈치였다.

"사모님, 이제야 날씬해진 거네요. 그동안 너무 살이 찌긴 하셨어. 날씬해졌으니 제가 옷 골라드릴 흥이 날 것 같네요."

매니저의 재치 있는 말 한마디로, 어색한 분위기가 순식간에 풀렸다. 엄마는 왕년의 쇼핑 솜씨를 뽐내듯, 매의 눈으로 진열되어 있는 옷들을 보기 시작했다. 엄마는 줄무늬의 화사한 보라색 상의를 고르더니 탈의실로 갔다. 잠시 후, 옷을 갈아입고 나온 엄마의 모습에서 아픈 기색은 전혀 찾아볼 수 없었다. 멋쟁이 사모님만 서 있을 뿐이었다.

"너무 날씬해지셔서 상의가 넉넉해 보이기까지 하네요. 역시 화사한 톤이 잘 어울리세요."

엄마도 마음에 들었는지, 전신 거울에 비친 당신의 모습에서 시선을 떼지 못했다. 상의에 어울리는 바지도 척척 고르더니 이번에는 한 벌로 쫙 빼입고 거울 앞에 섰다. 옷보다 멋진 것이 있다면, 바로 엄마의 호탕한 웃음과 밝은 목소리였다.

"이 옷은 다시 봐도 괜찮네."

엄마가 고른 옷은 비록 사악한 가격이었지만, 가격을 책정할 수 없을 정도로 큰 행복을 주었다. 매장에서 결제하고 나온 뒤, 이어서 모자를 파는 매장에 들렀다. 연한 핑크 계열의 모자를 사고 싶어 하는 엄마의 마음을 읽자마자 나는 점원에게 이야기했다.

"땀이 덜 차는 시원한 재질의 핑크색 모자가 있을까요?"

"엊그제 들어온 신제품이 있는데, 한번 써보시겠어요?"

쓰고 온 모자를 벗어야 하는 번거로움이 있었지만, 엄마는 흔쾌히 모자를 벗고 섰다. 누가 '핑크 최 여사' 아니랄까 봐 은은한 핑크색 실을 엇갈려 짠 디자인이 무척 잘 어울렸다. 엄마도 마음에 드는지 쓰고 온 모자는 잽싸게 가방에 넣고 새 모자로 바꿔 썼다.

쇼핑을 마무리할 무렵, 엄마는 급격하게 체력이 떨어졌다. 힘들어하는 엄마를 모시고 집으로 돌아갔다. 집에 도착한 뒤, 나는 엄마가 안방 침대에서 잠이 드신 줄 알았다. 잘 주무시나 하는 마음으로 안방에 들어갈 참이었다. 그때, 갑자기 멋쟁이 모델이 거실로 나오더니 느닷없이 패션쇼가 시작되었다. 엄마는 새로 구입한 옷과 모자를 안방에서 다시 착용하고, 거실에 나와 앙코르 워킹까지 선보였다.

"옷이 몸에 딱 맞는데 다시 봐도 괜찮지?"

"응, 엄마. 진작 살 걸 그랬어. 오늘 쇼핑은 성공적이야."

"에고, 오늘 피곤하긴 하다. 얼른 씻고 쉬어야겠어. 입맛도 없었는데 배가 갑자기 고프네."

이른 아침에 가출했던 입맛이 쇼핑 덕분에 되돌아왔나 보다. 오전에 만든 카레를 다시 끓여 드리니 기분 좋게 잘 드셨다. 소화도 잘되신다고 했다. 신기하게도 그날 밤, 나도 엄마도 꿀잠에 빠져들었다.

내가 어렸을 때부터 엄마가 좋아한 백화점 쇼핑. 매번 물건을 산 것은 아니었지만, 백화점에 머문 순간만큼은 엄마의 활력 호르몬이 가장 높게 치솟는 시간이었다. 한때 백화점에서의 일상은 너무나 당연한 보통의 나날이었다. 이제는 백화점에 가는 일이 특별해졌다. 가끔씩 기분이 괜찮아지는 잔잔한 외출이 되었다.

방 서랍장 한 곳에는 엄마의 모자들이 여전히 가득하다. 엄마의 모자를 보니, 사계절의 시간이 느껴진다. 계절이 바뀌고 날씨가 변할 때마다 엄마와 나는 모자를 구매했다. 병실에서도 핑크색 모자만 줄곧 쓰던 엄마의 모습이 생생하다.

병원에 있는 시간이 길어질 때마다, 엄마는 백화점 대신 모자를 판매하는 온라인 쇼핑몰로 신나는 외출을 떠나기도 한다. 오전 홈쇼핑 방송 중 편한 여름 샌들을 발견할 때면, 엄마는 홈쇼핑으로 잠시 외출하기도 한다. 저녁 시간대 KBS2 TV 프로그램 『생생 정보통』에서 양념이 잘 밴 생선조림이 유명한 맛집이 나오면, 우리의 다음 외식 장소가 즉석에서 정해진다.

비록 내일을 알 수 없는 힘든 시간 속에서, 일상의 쇼핑만은 놓치지 않고 즐기고 싶어 한 엄마가 새삼 귀엽고 멋져 보인다. 삶에 대한 즐거움을 느끼고 싶었던 것이 분명하다.

이제는 엄마의 귀여운 방구석 패션쇼를 보지 못해 아쉬움이 크다. 가끔씩 꿈속에서라도 엄마가 나와 화려한 패션쇼를 열어주었으면 좋겠다. 하늘에서도 여전히 평범한 외출을 꿈꾸고 있을 엄마에게 나는 이렇게 말하고 싶다.

"엄마는 내 생애 최고의 멋쟁이였어."

립스틱 짙게 바르고

미국을 대표하는 미술가이자 팝 아트(Pop Art)의 전설로 유명한 앤디 워홀(Andy Warhol)의 작품 가운데 유독 대중적으로 널리 알려진 작품이 있다. 바로 「마릴린 먼로Marilyn Monroe」(1967)다. 1950년대, 시대의 아이콘이라고 일컬을 정도로 엄청난 인기를 누렸던 마릴린 먼로의 얼굴을 담은 그림이다. 그녀의 얼굴 사진을 이미지로 변환한 후 반복적으로 찍어낸 실크 스크린 기법이 독특하다. 이 작품을 나는 앤디 워홀의 전시회에서 만났다. 다양한 색으로 표현된 마릴린 먼로의 얼굴을 유심히 보니 문득 이런 생각이 들었다.

'마릴린 먼로는 역시 레드 립이야.'

과장된 색으로 표현된 모습 속에서도, 금발 머리카락과 선명한 붉은 입술이 두드러져 보였다. 영화 「7년 만의 외출」(1955)에 등장하는 마릴린 먼로는 특유의 섹시함과 고혹적인 매력을 발산했다. 그녀 자체가 아름답기도 하지만, 하얀 피부에 붉은 립스틱의 스타일링은 과감하고 당당한 분위기를 풍겨 멋스럽기까지 하다. 립스틱은 숨겨진 내면의 자신감과 아름다움을 부각해주는 진정한 스타일리스트다. 립스틱 하나를 짙게 발랐을 뿐인데 인상이 또렷해지고, 과하게 꾸미지 않아도 순식간에 멋진 스타일이 연출된다. 마무리된 모습에서 자신감이 스며들고 당찬 애티튜드(attitude)가 완성된다. 이것이 바로 립스틱의 힘이다.

한때 나도 립스틱을 짙게 바르고 꾸미는 것을 좋아했다. 10년 이상 화장품 회사에 다니다 보니, 자연스럽게 메이크업에 관심을 갖고 다양한 제품을 경험하게 되었다. 나의 경우, 큰 눈에 쌍꺼풀이 있고 입술이 작다. 눈을 강조한 짙은 스모키 메이크업보다 립스틱 하나로 포인트를 주는 '원 포인트 립 메이크업'이 비교적 잘 어울리는 편이다.

나와 잘 맞는 색상과 질감의 립스틱을 발견하고 바르는 일은 항상 흥미로웠다. 회사에 출근한 뒤 자리에 앉아, 그날의 스타일과 어울리는 립스틱을 골라 선명하게 바르곤 했다. 나의 피부는 살짝 노란 편인데 그렇다고 크게 어둡지는 않다. 자연스러우면서 화사한 피부 톤을 위해 기초 메이크업을 먼저 한다. 그 후 립밤으로 입술에 보습을 준 후, 주로 코랄이나 핑크 계열의 립스틱으로 마무리한다. 가끔씩 회사에 행사가 있거나 중요한 약속이 있을 때는 검은색 옷을 입는 경우가 많았다. 이때는 클래식 스타일의 정석인 블랙과 어울리는 붉은빛 립스틱을 챙겨 바른다.

메이크업을 할 때, 팩트로 얼굴을 연신 두드리며 결점 없는 피부를 만들어도 무언가 심심하다는 생각이 든다. 이때 립스틱을 꺼내 입술에 대고 한두 번씩 왔다 갔다 반복하며 매끈하게 바른다. 입술 안쪽은 한 번 더 톡톡 찍어서 또렷한 입체감을 표현해준다. 립 메이크업을 끝낸 뒤 거울을 보면, 어느새 심심한 얼굴은 사라지고 선명하고 분위기 있는 얼굴이 완성된다.

남자는 이른 아침의 샤워를 끝낸 뒤 거울에 비친 모습을 보며 자신감을 갖는다는 우스갯소리가 있다. 여자는 립스틱을 짙게 바르고 거울에 비친 모습에서 당당한 자신감을 갖는다고 나는 확신 있게 말하고 싶다.

내가 좋아하는 여배우 중 '한국의 마릴린 먼로'라는 수식어가 붙은 배우가 있다. 바로 배우 '최화정'이다. 브라운관에서 그녀를 볼 때마다 기분 좋아지는 생생한 하이 톤의 목소리가 무척 매력적이다. 주변 사람들이 그녀와 함께 있으면 절로 미소를 머금을 것 같다는 생각이 든다.

그녀만의 클래식하고 우아한 패션 스타일과 메이크업은 내가 선호하는 타입이다. 맑고 하얀 피부 톤에 선명한 붉은빛 립스틱을 과하지 않게 포인트를 준 메이크업이 그녀와 잘 어울린다. 2019년

OBS TV 「독특한 연예뉴스」에서 그녀의 인터뷰 영상을 본 적이 있다. '마릴린 먼로'라는 수식어를 놓치고 싶지 않다는 그녀는 이렇게 이야기한다.

"여자의 마음에는 항상 오드리 헵번이나 마릴린 먼로가 있어요. 청순하고 귀여우면서도 관능적인 매력을 보여주고 싶어요."

나이와 상관없이 여자는 아름다워지고 싶어 하는 욕구가 있다. 항상 긍정적인 마인드와 부지런히 자기 관리하는 모습 때문에 그녀가 유독 빛나 보이는 것은 아닐까. 그녀의 생기 도는 입술만큼 섹시하고 당당한 모습을 볼 때마다 부러움마저 든다.

집에서 한없이 무기력한 모습으로 TV를 켜면 아름다운 연예인들이 등장한다. 부러운 눈으로 그들을 관찰할 때마다 관리의 중요성이 새삼 느껴진다. 회사 다닐 때엔 나도 옷을 나름대로 신경 쓰고 메이크업도 세심히 공들여 한 날이 많았는데. 갑자기 엉망진창이 된 내 모습에 순간 현타(현실자각 타임)가 오더니 씁쓸해지기까지 한다. 퇴사 이후 집과 병원에 있는 삶으로 인생이 바뀌다 보니, 관리하고 꾸미는 것도 잃어버린 사람이 되었다.

언젠가 병실에서 과일을 깎고 있는데, 엄마가 나를 물끄러미 보더니 말을 꺼낸다.

"옷이 그것밖에 없니? 환한 색 상의는 없어? 애가 왜 이렇게 초라해 보이니?"

"맨날 병원에 오는데 이 정도면 된 거지, 뭐. 더 이상 어떻게 신경 써?"

어느 날부터 무방비 상태의 외모인 나를 안쓰럽게 쳐다보며 말을 건넨 엄마에게 나는 무뚝뚝하게 대꾸했다.

퇴원 후, 모처럼 자유로운 날이었다. 방 안에서 문득 거울을 보는데, 볼품없는 여자가 한 명 서 있었다. 까슬한 머릿결에 대충 묶은 머리, 정리되지 않은 눈썹, 푸석해 보이는 피부 그리고 생기 하나 없는 메마른 입술까지. 내가 봐도 완전히 다른 세계의 사람 같았다. 순간 정신이 번뜩 들었다.

얼른 샤워를 하고, 정성스럽게 드라이를 했다. 기초 화장품도 촉촉하게 바르고 메이크업을 신경 써서 하기 시작했다. 오랜만에 화사한 원피스를 입고 좋아하는 귀걸이도 걸었다. 그동안 립밤도 제대로 바르지 않은 입술에 보습을 주고, 장밋빛 립스틱을 발라보았다.

열심히 치장한 뒤, 전신 거울 앞에 서 보니 한 시간 만의 변신치곤 나쁘지 않았다. 얼굴을 좌우로 돌려보고 눈이 더욱 커 보이게 힘을 주었다. 긴장한 입술도 풀어보며 새침한 미소도 지어보았다. 늘 주눅 들어 있던 어깨가 서서히 펴지고, 무표정한 얼굴이 화사하게 살아나는 것 같았다. 립스틱을 꺼내 다시 진하게 바르며 마무리했다. 움츠러들었던 나의 마음에도 장밋빛 생기가 피어나고 있었다.

약속 하나 없는 보통의 날이지만, 립스틱을 짙게 바를 때는 변신의 날이 된다. 립스틱은 마치 무미건조한 캔버스 같은 마음에 순식간에 생기를 더하는 아크릴 물감 같다. 립스틱 물감이 입술에 겹겹이 칠해질 때마다 매력의 농도는 더욱 진해진다. 립스틱을 짙게 바를 때마다 한순간에 나도 마릴린 먼로를 꿈꿔본다. 기분이 좋아진다. 드디어 뷰티 힐링의 일상이 완벽하게 연출된다.

"슬프고 사랑 때문에 아프다면 화장을 하라.
자신을 돌봐라.
립스틱을 바르고 앞으로 나아가라.
남자는 우는 여자를 혐오한다."

20세기 프랑스의 패션 디자이너이자 샤넬 설립자인 코코 샤넬(Coco Chanel)의 이야기는 여전히 나에게 신선한 자극을 준다. 독립적이고 당찬 인생을 살아온 코코 샤넬은 립스틱을 여자들의 가장 큰 무기로 꼽았다.

슬프거나 아플 때 립스틱은 분명 치유의 무기가 된다. 아픈 마음을 달래주고 자신을 사랑할 줄 알게 한다. 자연스럽게 자신감을 얻게 해주는 힘도 길러준다. 이렇듯 립스틱은 나에게 외모의 변신보다 마음의 변화를 크게 만들어준다. 립스틱으로 입술이 진해질 때마다 나의 빈약한 마음에 자신감이 생기고 초라한 일상도 풍성해진다. 특별한 날이 아니라도 가끔씩 거울 앞에서 립스틱이라도 선명하게 바르면 울적한 마음이 순식간에 풀린다. 이왕이면 화려한 립 메이크업을 하고 외출한다면 금상첨화다.

계속된 코로나의 여파로 마스크를 쓰는 것이 자연스러운 일상이 되었다. 아쉽게도 마스크 착용과 함께 예전처럼 립스틱을 진하게 바르는 일이 드물어졌다. 그렇지만 마스크 뒤에도 선명한 입술을 뽐내기 위해 나는 가끔씩 공을 들인다. 마스크를 벗은 이후에도 초라함 대신 빛나는 자신감만은 유지하고 싶기 때문이다.

립스틱을 바른다는 것은, 결국 나 자신을 사랑하고 당당해질 수 있게 가꾸는 것을 의미한다. 외모가 아름답기만을 바라는 것보다 스스로를 세심하게 돌보며 아끼는 마음을 키우는 것이다. 잘 어울리는 립스틱 하나를 꺼내 짙게 바르며, 당신도 자신을 사랑하고 돋보이게 하는 매력 발산의 시간을 가져보기를. 한없이 초라해 보이는 내면도 풍성하게 아름다워지는 기분이다.

오늘만큼은
다르게 보이고 싶어

햇살이 강하게 내리쬐는 초여름이 시작될 무렵, 그에 따라 나도 여름을 준비한다. 사계절 중 가장 뜨거운 해와 마주해야 하는 계절이 여름이다. 그야말로 '태양을 피하는 방법'을 저절로 찾게 되는 날씨인 것이다.

태양을 피하기 위해 내가 가장 중요하게 생각하는 것이 있다. 바로 온몸을 가볍게 하고 예쁘게 보이기 위한 '맨살 차림 준비'다. 겨울과 봄까지 꽁꽁 숨겨 두었던 나의 맨살을 조금씩 드러낼 용기가 필요할 때다. 뜨거운 태양 앞에서 더위로 쉽게 지치지 않을 시원한 포스를 뽐내고 싶어진다. 이러한 마음과 함께 본격적인 나의 맨살 차림 준비가 시작된다.

맨살 차림을 위한 첫 준비 대상은 발이다. 시원함을 만끽하는 것만큼 필요한 것은 부끄럽지 않은 발이 되게 하는 것이다. 발을 시원하게 드러내기 위해 가장 먼저 시도하는 작업이 있다. 오랫동안 방치되어 있던 발을 건강하고 깨끗하게 관리하는 것이다. 그래야 언제 어디서든 맨발을 드러냈을 때 시원함과 예쁨을 모두 충족시킬 수 있다.

먼저, 맨발을 준비하기 위해 나는 네일 숍에 간다. 네일 숍에서 방치된 내 발은 세상에서 가장 귀한 손님으로 재탄생한다. 큐티클과 각질 관리가 본격적으로 들어간다. 발이 허물을 벗은 듯 뽀얀 모습을 드러낸다. 기본 관리 후에 원하는 페디큐어의 색상을 고른다. 평소에는 네일 컬러링을 할 때 파란색 계열을 쉽게 시도하지 못했다. 여름 대비를 위한 페디큐어는 파란색을 선택해 과감해지기로 한다. 마치 바닷가의 모래알이 반짝이는 모습이 연상되듯, 은은한 펄도 추가하여 장식한다.

한 시간 정도 지난 뒤, 나의 맨살 차림 프로젝트가 드디어 막을 내린다. 발은 더운 여름에도 끄떡없을 정도로 태양을 피할 수 있는 시원한 자태를 완벽하게 보여준다. 오늘만큼은 달라져 있고 다르게 보이는 발. 달라진 모습을 보니 저절로 기분 전환이 된다. 어울리는 샌들을 신고 바닷가라도 놀러가고 싶은 마음까지 생긴다. 사소한 시도가 긍정적인 에너지로 전환되는 순간이다. 덕분에 즐거운 기분으로 행복한 하루를 보낼 수 있었다.

매일 똑같이 보이는 모습도 나는 가끔씩 다르게 보이고 싶을 때가 많다. 달라짐의 변화를 기분 좋게 즐기는 편이다. 그 이유는 즐기는 과정에서 느끼는 희열감 때문이다. 축 늘어진 기분에 변덕이 왔다 가면서 언제 그랬냐는 듯이 좋아진다.

단순히 "외모를 가꾸고 바꾼다"라는 말보다 "오늘만큼은 다르게 보이고 싶고 달라지고 싶다"라는 말에 나는 왠지 더 끌린다. 전자는 외모를 돌보는 일반적인 행위와 사실을 의미한다. 반면, 후자는 현재와는 확연히 달라지고 싶고 그 달라짐의 변화를 갈구하는 개인적인 의지가 깃들어 있다.

다르게 보이고 싶은 마음이 든다는 것은, 변화의 시도를 통해 '기분'을 바꾸고 싶다는 신호이기도 하다. 즉, '기분 돌봄'이 필요하다는 것이다. 기분 돌봄은 누군가로부터 받는 것보다 스스로 찾아 시도하는 것에 의미가 있다. "기분이 시도 때도 없이 오르락내리락한다"라는 말도 있지 않은가. 사람은 누구나 섬세한 감정선이 있기 때문에 기분이 수시로 바뀔 수 있다. 이러한 기분을 통제할 주인은 타인이 아닌 바로 나 자신이다.

2021년 4월, 경제신문 〈이투데이〉를 우연히 읽다가 시인이자 문학평론가 장석주의 칼럼이 눈에 들어왔다. 「내가 기분에 따라 변할 사람 같소?」라는 제목과 함께 기분에 대한 저자의 생각을 알 수 있었다.

내용에 따르면, 사람마다 정도의 차이는 있지만 기분이 몸과 마음을 지배한다고 한다. 특히 사람은 기분의 영향 아래서 나날의 삶을 꾸린다는 문구는 참 인상적이다. 예를 들어 기쁨, 활기, 느긋함, 평온함이 긍정적 기분의 지표라면 반면 우울, 짜증, 초조, 불안, 두려움, 침체, 긴장 등은 부정적인 기분과 관련 있다고 언급하고 있다. 분명 기분은 일시적으로 하루의 변화를 가져다주기도 하지만, 칼럼의 글처럼 삶의 피로와 긴장에 지속적인 영향을 미치기도 한다. 게다가 긴 시간에 걸쳐 삶의 질을 결정한다고 하니, 기분은 결코 쉽게 간과할 수 없다.

기분 하나로 감정이 흔들리며 하루가 바뀔 수 있고 세상이 다르게 보일 수 있다. 감정을 돌보기 전에 기분을 먼저 살피는 것이 중요하다. 부정적 기분에 감정과 하루가 정복당하지 않기 위해, 지금도 여전히 애쓰고 있는 나를 발견한다. 요즘 마음 관리, 마음 챙김이라는 말이 있을 정도로 정신을 돌보는 것에 대한 중요성이 많이 언급되고 있지 않은가.

기분 돌봄도 비슷한 맥락이라고 나는 생각한다. 내면에 자리 잡고 있는 커다란 감정 덩어리는 통째로 관리하기 힘들 수 있다. 적어도 하루의 기분 돌봄을 자주 시도하여 긍정적인 기운을 정기적으로 얻는다면, 커다란 부정적인 감정 덩어리도 서서히 긍정적인 에너지로 변해 가지 않을까.

예전부터 부정적인 기분을 얼굴에 자주 드러내는 것을 나는 좋아하지 않았다. 긍정적인 기분이면 몰라도 부정적인 기분이 얼굴에

단번에 표시되는 사람이 있다. 예민하고 날카로운 얼굴, 짜증이 뒤섞여 있는 얼굴, 그리고 화가 넘쳐 금방이라도 폭발할 것 같은 얼굴은 좋았던 기분마저 상하게 한다.

희한하게 사람들은 남의 기분은 눈치 보면서, 본인의 기분은 눈치 보지 않고 그대로 드러내는 경향이 있다. 각자의 어두운 기분을 지혜롭게 돌본다면, 빗나간 기분으로 서로 감정이 상할 일은 줄어들지도 모른다. 타인뿐만 아니라 부정적인 기분은 본인 스스로의 감정, 생각 그리고 일상 모든 부분에 영향을 미친다. 날씨가 맑게 갠 것 같은 기분을 매번 유지하기는 힘들지만, 본인 스스로 기분을 간파해 보려는 노력은 분명 중요하다. 기분에 좌지우지되지 않고 재빠르게 '기분 돌봄'을 시도하는 것이 더욱 필요해 보이는 이유다.

장석주의 칼럼에는 기분에 따라 일상 활동을 수행하는 활력의 크기도 달라진다고 언급하고 있다. 쉽게 말하면, 사람들이 색다른 활동이나 환경을 바꿔 기분 전환을 시도하는 것이다. 집 밖에서 산책을 하고 고요한 상태에서 음악을 몰입해서 듣는 것 또한 내가 시도하고 있는 기분 돌봄과 유사해 보인다. 여름을 준비하기 위해 페디큐어를 받는 것 역시 다른 활동으로 바꾸어 기분 전환을 시도하는 것이다.

여름만 오면 시원하게 단발로 머리를 자르는 것은 어느덧 나만의 기분 돌봄 의식으로 자리 잡았다. 핸드폰 사진첩에, 나의 한결같은 모습이 담겨 있는 사진들이 있다. 매해 여름마다 '단발머리'로 변신한 사진들이다. 내가 단발머리로 자르는 이유는 단순하다. 예뻐 보이고 싶은 것보다 '다르게 보이고 싶어서'이다. 목덜미가 훤하게 보이는 짧은 단발머리의 나를 거울로 보면, 산뜻해진 머리만큼 기분도 가벼워진다. 단발로 머리를 자를 때마다 나는 주변 사람들의 반응보다 나의 기분을 더욱 살피는 편이다.

"산뜻하다, 정말. 너는 단발이 어울리는 것 같아."

친구들의 긍정적 반응은 나의 기분 전환을 순식간에 도와준다. 간혹 이런 사람들도 있긴 하다.

"또 단발로 잘랐어? 이번엔 더 짧게 잘랐네? 너의 긴 머리 시절이 생각이 안 나."

단발로 자른 것이 안 어울린다는 것을 저렇게 이야기하고 싶은 건지, 헤어 변신에 과감한 내 모습에 놀란 것인지는 모르겠다. 이런 말을 들었을 때, 솔직히 기분이 썩 좋지는 않다. 그래도 나는 꿋꿋한 사람인가 보다. 그런 반응에 처음부터 큰 의미를 두지 않고, 나 스스로의 기분 전환을 시도하는 것이 더 중요하다고 믿고 있으니까.

> "기분은 몸에서 일어나는 변화뿐만 아니라 내 인생이 안녕한가 그렇지 못한가를 가늠하는 계기판이다."

칼럼의 마지막 글귀로, 기분이 우리 인생과 얼마나 밀접한 관련이 있는지 더욱 명료해진다.

눈을 뜨고 하루가 시작되면, 여전히 다양하고 낯선 기분을 매시간 만날 것이다. 유독 기분이 가라앉고 원치 않은 기분이 어두운 감정으로 번지지 않기 위해, 나는 '오늘만큼은 다르게 보이고 싶어'라고 주문처럼 속삭인다. 매일 부정적인 기분이 아닌, 생기 도는 기분의 소유자가 되기 위해 계속해서 애쓰며 살고 싶다.

묵혀둔 짐 정리와 청소를 깨끗이 하는 것, 눈여겨보았던 카페에서 좋아하는 스콘을 구매하는 것, 또는 배달음식 대신 집에서 음식을 간단히 만들어 먹는 것 등, 스스로의 기분 돌봄을 위한 움직임은 계속될 것 같다.

만약 기분 돌봄을 할 여력조차 나지 않아 그대로 내버려두고 반나절 이상 방치하는 것은 좋지 않다. 안 좋은 기분에 계속 짓눌리게 되면 원하는 하루는 사라진 채, 그야말로 원치 않은 하루만 남게 된다. 그러니 기분도 끊임없이 전환하려는 애씀의 움직임이 필요하다. 따라서 의식적인 기분 돌봄이 중요한 셈이다.

지금 당장 나를 불편하게 만드는 기분을 외면하지 않고 살피며 돌보려는 마음가짐. 이것만으로도 소중한 하루를 꽤 괜찮게 보낼 수 있게 해준다. 마침내, '오늘만큼은, 내 하루가 다르게 보여'라는 느낌으로 충분히 멋진 일상을 이끌어갈 수 있게 된다.

와인 한잔이
무르익는 저녁

늦은 오후가 지나가니, 하늘 색이 점점 변하기 시작한다. 푸른색 오후 하늘이 주홍빛으로 바뀌면서 저녁 신호를 보낸다. 노을이 펼쳐지면 순간 짙은 분위기에 한껏 취해보고 싶다는 생각이 든다. 분위기 있는 저녁을 보내고 싶을 때, 나는 붉은색 와인 한잔을 준비한다. 투명한 와인 잔에 담긴 적포도주 색감이 굉장히 매혹적이다.

"지친 사람에게 한잔의 포도주는 힘을 준다."

와인에 대해 호메로스가 전한 명언이다. 와인은 고된 하루를 보낸 나에게 특별한 위안을 주는 존재다. 동시에 자리를 무르익게 해주는 진정한 분위기 메이커다. 마치 우아한 살롱 안주인이라도 된

듯, 나는 조심스럽고 품격 있게 와인 잔을 들어본다. 와인을 한 모금 마시니 혀끝부터 취하는 기분이다.

와인을 마시면서 만들어지는 분위기를 더욱 고조시키는 것이 있다. 바로 귀를 타고 춤추는 재즈 음악이다. 전설적인 재즈 피아니스트로 유명한 오스카 피터슨의 「My Heart Stood still」을 들을 때마다, 나는 와인 한잔과 함께 어느새 몽환적인 분위기에 취하게 된다. 음악의 제목처럼 나의 심장이 멎을 정도로 황홀한 기분을 만끽할 수 있다.

누군가는 내가 술을 좋아하는 애주가라고 생각할 수도 있다. 안타깝게도 나는 술이 잘 받지 않는 체질이다. 숙취가 심하고 심혈관이 약한 몸 상태의 내가 반드시 금기해야 할 대상이다. 그럼에도 지금까지 술을 마신 이유는 술보다 함께하는 분위기에 흠뻑 빠졌기 때문이다. 정확히 이야기하면, 술자리보다 술자리 분위기의 매력을 이미 알아버린 셈이다. 내가 생각하는 술자리 분위기의 요소가 몇 가지 있다. 함께하는 사람, 진솔한 대화를 통해 느끼는 공감, 음악, 조명, 공간 등이 포함된다.

친한 친구와 술자리를 함께할 때, 가끔씩 그녀는 나를 놀린다.

"완전 허세 있는 여자야. 와인 잔 들고 있는 것이 왜 이렇게 자연스러워 보여?"

저녁 약속장소를 찾아볼 때 밥집이 아닌 와인 바만 검색하는 나를 보면, 허세 있는 사람으로 비칠 수도 있다. 사실은 소주를 못 마시는 관계로 내가 선택한 것이 와인이었다. 개인적으로 와인의 맛과 멋을 좋아한다. 와인 잔과 함께 스며드는 은은한 분위기가 펼쳐진다. 그동안 와인을 나름 많이 마셔보았지만 제대로 알고 있는 와인은 없다. 대신에, 내가 추천할 수 있는 매력적인 분위기의 와인 공간과 잊을 수 없는 멋진 추억은 자신 있게 말할 수 있다. 화려하지 않아도 잔잔한 조명이 깃든 공간에서 와인 한잔 곁들이며 고된 하루를 마무리하는 시간, 그 시간만큼은 나에게 휴식이자 삶의 행복을 느끼는 순간이다.

와인을 마실 때마다 내가 자주 찾는 짝꿍 안주가 있다. 바로 치즈와 올리브다. 나를 잘 아는 가까운 지인들은 술자리가 있을 때마다 이런 말을 한다.

"올리브만 보면 네가 생각나. 올리브를 그렇게 좋아하니 나중에 올리브나무라도 심을 판이네."

"나도 올리브 농장은 못 가도 기회 되면 나무라도 심고 싶은 심정이다."

이런 농담을 자주 주고받을 정도로 나의 올리브 사랑은 한결같다. 탱글탱글한 식감과 짭조름한 맛이 일품인 올리브는 와인과 짝을 맞추기에 손색없는 최고의 안주다. 식감도 좋고 배도 부르지 않으며 심지어 건강에 유익하기까지 하다. 그래서 지금도 자주 찾는 메뉴다.

올리브는 '신의 열매'라고 불릴 정도로 지중해식 식단에서 중요한 식재료다. 요리나 샐러드에 올리브유를 자주 애용하는 편이다. 와인의 풍미를 더욱 높여주는 치즈 역시 나의 최애 안주다. 와인과 치즈는 모두 발효 과정을 거친 음식이다. 시간이 지나면서 맛이 계속 변해 다양한 맛을 내는 공통점이 있다. 따라서 각양각색의 맛을 지닌 와인과 어울리는 궁합의 치즈를 선별하여 함께 곁들이면 더욱 맛있는 분위기가 조성된다.

와인과 곁들이는 음식은 미각뿐만 아니라 기분을 순식간에 좋아지게 한다. 표정이 저절로 웃는 상이 되고 즐거움에 도취된 상태가 된다. 지금까지도 와인, 치즈 그리고 올리브를 좋아하는 것을 보니, 이들은 나에게 특별한 힐링 푸드임이 분명하다.

와인과 궁합이 맞는 음식이 준비되었다면, 이 자리를 누군가와 함께하는 것만으로도 분위기가 무르익는다.

'술 한잔이 자아내는 분위기는 관계의 온도를 높여준다.'

술에 대한 철학이 명확히 있는 것은 아니지만, 나는 문득 이런 생각을 한 적이 있다. 논리적이진 못해도 그동안의 경험을 통해 느낀 것이다. 특히 서로 어색한 관계에서 함께한 와인 한잔의 존재감은 상당히 크다. 어색해서 얼어붙은 분위기는 와인 한잔이 서로 오고 간 뒤로 서서히 녹아든다. 심지어 대화도 유연해진다. 편한 대화를 통해 서로를 알아가고 이해하며 공감하기 시작한다.

시간이 지날수록 따뜻한 분위기로 접어들고, 어느새 한 발짝 가까운 사이가 되어 있다. 관계에 온기가 스며들고 서로의 마음 온도가 높아지는 것이다.

물론 모든 상황이 그렇다는 것은 아니다. 변수는 있기 마련이다. 지나친 술은 함께한 자리의 좋은 기억마저 사라지게 만든다. 반드시 적절한 선에서 분위기를 즐기는 것이 중요하다. 술은 분위기를 만들고, 서로의 마음을 편하게 열어주는 중재자의 역할을 해줄 뿐이다.

나의 경우, 와인 분위기를 함께 즐겼던 사람들과의 관계가 더욱 가까워진 경우가 많았다. 천천히 음미하면서 마시는 와인의 은은한 분위기 속에서 나는 사람들과 진솔한 마음을 나누고 소중한 추억을 쌓아갔다. 결혼 전, 남편과 자주 갔던 한 스페인 와인 바는 서로의 마음을 재확인하게 해준 특별한 장소였다. 그곳에서 와인 한잔의 분위기에 한 번 취하고 사랑에 또 한 번 취했다.

하루의 시작만큼 중요한 것이 마무리다. 아침에 충전한 하루의 에너지를 오후에 열심히 사용했다면, 하루의 마무리는 즐겁고 편안하게 보내는 것이 중요하다. 오늘만큼은 와인 한잔과 함께 분위기 있는 '한밤의 저녁 식사'를 마련해보는 것은 어떨까. 와인 한잔이 무르익는 저녁에 마음의 피로가 풀어지고 하루의 마무리가 행복으로 도취될 테니까.

화려한 그때 그 시절의 라떼 음악이 좋다

한국 가수 최초로 빌보드 싱글 차트 1위의 위엄을 선보인 글로벌 가수가 있다. 바로 그룹 방탄소년단 BTS다. 한동안 나는 이들의 음악에 빠져 있었다. 평소 나는 아이돌 음악을 열정적으로 찾아보고 듣는 편은 아니다. 신기하게도 BTS의 「다이너마이트Dynamite」는 제목처럼 내 마음에 폭죽을 터뜨리고 심장을 뛰게 했다. 복고풍 디스코 팝의 비트가 왜 그렇게 신이 나던지.

반복된 나의 간병 생활에서 이따금씩 찾아오는 정적의 휴식을 완전히 깨뜨려준 고마운 음악이었다. 화사한 파스텔 색감이 넘치는 뮤직 비디오 속 즐거운 분위기는 굳게 닫힌 나의 마음을 서서히 열어주었다. 귓가에 맴도는 가사를 들을 때마다 노래 주인공이라도 된 듯 설렜다.

Cause ah, ah, I'm in the starts tonight

난 오늘 밤 이 별들 속에 있으니

So watch me bring the fire and set the night alight

불빛으로 이 밤을 밝히는 걸 지켜봐

Shining through the city with a little funk and soul

펑크와 소울로 이 도시를 빛내봐

So I'mma light it up like dynamite, woah

내가 다이너마이트처럼 오늘 밤을 밝혀줄게

그들의 노래를 듣고 있으면 마치 희망의 엔진이 풀가동되는 것 같다. 조금 전까지도 나를 힘들게 한 암흑의 감정들은 노래에 희석되면서 점차 투명해진다. 마냥 무료하고 우울한 기분에 사로잡힐 필요가 없게 된 것이다. 고된 간병 생활이 반복되면서 내 인생은 이미 꺼진 촛불 같다고 생각한 적이 있었다. 어두웠던 내가 순식간에 노래에 사로잡힌 것은, 단 하루라도 다이너마이트처럼 빛나게 살고 싶었던 숨겨진 마음이 움직여서가 아닐까.

음악은 시대를 반영하고 시대의 삶과 연결되어 있다. BTS의 노래 「다이너마이트」는 코로나 시대를 살고 있는 사람들의 지친 마음을 위로해주고 삶에 대한 희망을 선사해주었다.

음악은 현재의 모습을 담고 감정과도 교감한다. 캄캄한 방에 갇혀 있던 내 마음을 읽어주고 희망의 노래를 들려준 것처럼 말이다. 조용하고 적막한 공기를 마시는 것보다, 살아 숨 쉬는 듯 음악의 향기를 맡으며 하루를 보내는 것이 낫다. 정신적인 마음 치유와 함께 단조로운 삶에 생기 도는 리듬감을 넣어주기 때문이다. 이것이 바로 우리 인생에 음악을 함께하면 좋은 이유다.

요즘 노래가 지금의 삶과 감정을 대변해준다면, 어릴 적 들었던 음악은 찬란하고 화려했던 젊음의 추억을 소환해준다.

"라떼는 말이야, 90년대 음악이 최고였어."

요즘 나도 모르게 "라떼는 말이야"라는 말이 자주 나온다.

'라떼는 말이야'는 기성세대가 쓰는 '나 때는 말이야'를 풍자한 표현이다. 눈 감으면 선명하게 떠오르는 20대의 내가 어느덧 40대가 되어 라떼 발언과 함께 추억을 즐기고 있다. 82년생 김지영이 베스트셀러 책 주인공으로 유명하다면, 82년생 나는 90년대 음악 사랑으로 유명하다고 감히 말할 수 있겠다.

고등학교 1학년 때부터 나는 아이돌 1세대 그룹인 HOT, SES, 젝스키스 앨범을 모으면서 그들의 음악을 자주 들었다. 특히 90년대 댄스음악은 히트 친 곡들이 많았다. 비트가 빠르고 신나며 심지어 중독성이 강하다. 당시 내가 유독 좋아했던 그룹들이 있다. 쿨, 샵, 솔리드 그리고 터보 등의 노래를 들을 때마다 감춰두었던 흥 DNA가 수면 위로 떠오르기 시작한다.

SBS TV에서 방영한 프로그램 「전설의 무대 아카이브 K」를 본 적이 있다. 그중 90년대 댄스음악을 조명하고 레전드들의 무대가

재현되었다. 당시 가수들의 무대를 보니 들뜬 마음으로 즐겼던 그 때 그 시절이 고스란히 느껴진다. 지금도 90년대 노래들의 가사가 선명하게 기억난다. 몸이 먼저 반응하고 기억나는 춤들이 있다.

"90년대 댄스음악은 한국의 가장 대표적인 대중음악이다."

SBS TV 연예뉴스 기사에서 언급된 90년대 댄스음악에 대한 한 줄 평이다. 모두 함께 노래하고 춤추게 했던 90년대 댄스음악은 그때의 대한민국과 가장 닮은 음악이라고 언급했다. 길거리를 지나갈 때마다 여기저기 울려 퍼지는 이른바 길보드 차트 음악이 넘쳐나던 그때 그 시절. 많은 사람들이 음악을 사랑했고 그 시대를 함께 즐겼던 것 같다. 화려한 그때 그 시절의 라떼 음악이 나는 여전히 좋다.

회사 생활을 할 때 나는 가끔 동료들과 90년대 감성이 가득한 선술집에서 추억을 나누었다. 가게에는 90년대 댄스, 발라드, 록 등 다양한 장르의 음악이 흘러나왔다. 동료들과 이야기 도중 음악에 심취하며 노래를 따라 부르기도 했다. 신기한 것은 뒤 테이블 그리고 옆 테이블에서도 90년대 노래를 따라 부르고 있었다는 사실이다.

처음 본 사람들이지만, 함께 노래를 떼창하는 장면도 연출된다. 어깨를 들썩이면서 당시 춤을 기억하는 사람들이 따라 춤추기도 한다. 순간 웃음이 터지기도 했지만 그 광경이 낯설게 느껴지지 않는다.

90년대 감성을 즐기는 대부분의 사람들은 그 시절을 함께 경험했던 세대임이 분명했다. 90년대 음악으로 추억이 소환되고 즐거움이 피어나며 그리움을 담아가는 순간이었다.

비슷한 세대끼리 공감하던 그때 그 시절이 있다. 함께 보고, 느끼고, 성장한 소중한 시절이다. 순수하고 젊다는 사실 하나만으로, 눈부신 그때를 잊지 않고 기억하는 것만으로도 행복해질 때가 있다. 시간이 지나면서 잊고 싶은 기억보다 그리워지는 기억들이 점점 많아진다. 그리운 기억은 음악을 통해 생생하게 붙잡을 수 있게 되었다.

나만의 라떼 음악을 여전히 챙겨 들으며 익숙하고 편안한 멜로디에 흠뻑 젖어본다. 기분 좋아지는 리듬으로 정체된 일상에 활기가 넘친다. 한없이 어두울 것만 같은 기분도 밝고 명랑해진다. 그때 그 시절의 음악 덕분에 나는 에너지 가득한 하루를 보낸다.

물론 트렌디하고 세련된 비트에 섬세함이 느껴지는 요즘 감성의 노래도 좋다. 그럼에도 나는 맥박까지 빨라지게 하는 스피드한 비트의 90년대 음악에 왠지 더 마음이 간다. 그래서인지 시원한 고음이 쭉쭉 올라가는 속 시원한 창법의 라떼 노래에 더욱 끌리나 보다.

나는 '추억 팔이'라는 말 대신 '라떼 충전'이라는 말을 사용하고 싶다. 추억의 라떼 음악은 과거에만 머무는 더 이상 촌스러운 음악이 아니다. 현재의 나와 계속 이어지고 있는 내 삶의 엔도르핀이다.

지금 글을 쓰고 있는 이 순간에도 라떼 음악을 들으며 흥이 나는 즐거움을 충전받는 중이다. 음악을 듣는 순간만큼은, 그 어떤 힘든 일도 즐거워진다.

달콤한
나의 아지트

집이 주는 안락함을 뒤로하고 나만의 아지트를 찾아 밖에서 머물 때가 있다. 어떤 곳인지 아무도 알려주지 않아도 발길이 저절로 멈추는 곳, 그곳이 '나만의 아지트'다. 사전적 정의에 따르면 아지트란 '어떤 사람들이 자주 어울려 모이는 장소'를 일컫는다. 일반적으로는 '개인적으로 즐겨 찾거나 머무르는 장소'로 생각하기도 한다. 무수히 많은 시간 동안 다양한 아지트들이 나와 함께 있었다. 내가 성장하는 시간 동안 함께 머물러준 공간들이 새삼 특별하게 느껴진다.

내가 초등학생 때, 롤러스케이트 타는 것이 한창 유행이었다. 무릎 보호대를 차고 친한 친구와 함께 롤러스케이트를 탔다. 한참을 달리다가 그늘진 굴다리 하나를 발견했다.

나는 친구에게 말했다.

"여기 조용하고 좋다. 그늘도 있어서 시원해. 앞으로 이곳은 우리만 아는 비밀 장소야."

그 후로 날씨가 더울 때마다 친구와 굴다리에서 시원한 바람을 쐬다가 갔다. 둘만 아는 공간이 생겼다는 사실만으로도 무척 기분이 들떴다. 그렇게 굴다리는 내 유년 시절의 아지트였다.

중·고등학교 학생일 때, 나는 집보다 도서관에서 대부분의 시간을 보냈다. 도서관에 도착하면 본격적으로 나만의 자리를 찾기 시작한다. 그곳이 나의 아지트인 셈이다.

도서관의 창가 쪽에는 6명 기준의 대형 책상과 3명 기준의 소형 책상이 있었다. 그중 소형 책상에서 나는 칸막이가 드리워진 구석진 자리에 가방을 옆에 두고 책을 꺼내 앉았다. 자리에서 느끼는 심리적인 편안함 때문이었을까, 어느 때보다 몰입하며 장시간 동안 공부를 했다. 소형 책상의 칸막이 자리는 집중력을 높여주고 자발적인 학습을 도와준 고마운 아지트였다.

대학 졸업 후, 나는 1년간 취업 준비로 방황하던 때가 있었다. 자꾸만 반복되는 취직 실패로 집에서 눈치가 보였다. 하루 종일 방 안에 있는 것은 꽤 우울한 일이었다. 결국 오전 일찍 집을 나와 근처의 카페로 향했다.

그곳은 사람들이 크게 북적이지 않고 창가 좌석도 여유 있게 있다. 내가 좋아하는 창가 자리에 앉아 커피 한잔과 함께 노트북을 켠다. 각종 구직 사이트들의 창을 여러 개 띄워 놓는다. 지원하려는 회사의 양식에 맞추어 이력서를 여러 번 수정하며 고치기 시작한다. 카페의 음악이 시끄러울 법도 한데, 적당한 백색소음은 집중하여 작업할 수 있게 해준다.

그렇게 매일 오전, 동네 카페를 전전하며 나는 취업 준비에 몰두했다. 집에 있을 때는 무기력하게 앉아 초점 없는 눈으로 구직 사이트를 보았다. 자기소개서를 쓸 때 세 줄을 넘기는 것조차 무척 힘든 시간이었다.

집이 아닌 카페에 있으니 몸이 늘어지지 않고, 쓸데없는 생각도 들지 않았다. 같은 공간에 있는 다른 사람들의 모습이 눈에 들어왔다. 혼자 온 사람 중에는 인터넷 강의를 듣는 사람부터 노트북으로 저마다의 작업에 집중하고 있는 사람까지 다양했다. 적어도 내 눈에 비친 사람들의 모습은 열정적이었다. 불현듯 나도 모르게 정신이 들더니 시간을 알차게 보내야겠다는 마음이 솟구쳤다. 집 근처 카페는 무기력한 나를 부지런히 일으켜주고 신선한 자극을 준 아지트였다.

종합병원에서의 간병 생활 동안에도 나의 아지트 찾기는 이어졌다. 가장 긴 시간을 보냈던 병실이 아지트라고 볼 수 있지 않을까 싶지만, 그것은 아니다. 병실이 아지트라고 볼 수 없는 가장 큰 이유가 있다. 내 마음이 여유롭게 머물지 못하기 때문이다.

병실에서 아픈 엄마를 지켜보고 돌보는 시간 동안 마음이 단 한 번도 편한 적이 없었다. 마음이 공중에 떠 있는 듯 불안했고 두려웠다.

무거운 마음을 안고 병실을 잠시 나와 병원 밖을 나선다. 병원 앞 횡단보도를 건너면 바로 덕수궁 길로 진입하는 입구가 있다. 그 길을 따라 걷다 보면 서울시립미술관이 보인다. 미술관을 끼고 걷다 내려오면 사진 찍기 좋은 덕수궁 돌담길이 연결된다. 사람들 틈 속에서 덕수궁 돌담길을 천천히 걸어본다.

어느 가을의 오후, 노란색 은행나무 곁을 맴돌며 마음을 달랜다. 높은 하늘 아래 잠시 깊고 길게 호흡해본다. 마음이 고요해지고 잔잔해지는 덕수궁 길. 병원 생활 동안 가끔씩 나를 평온하게 위로해 준 특별한 아지트다.

나는 tvN에서 방영한 「어쩌다 어른」이란 강연 프로그램을 즐겨 보았다. 이 프로그램의 대표 지식 큐레이팅 채널이 있는데, 바로 '사피엔스 스튜디오'다. 문화심리학자인 '김정운의 마이 스페이스'라는 제목으로 공간을 다룬 콘텐츠에 이런 이야기가 나온다.

> "맨날 똑같으면 지루하거든요, 공간도 마찬가지인 거죠.
> 내 삶이 왜 이렇게 지루하냐? 공간이 지루하니까 그런 거예요."

생각해보니 나는 다양한 공간을 찾아가고 경험하기를 무척 좋아했던 것 같다. 소수의 공간에 한정 짓지 않고 나만의 아지트 영역을 넓혀갔다. 가장 넓은 영역의 아지트로 카페와 서점이 있다. 그림에 호기심이 생기면서 미술관도 어느덧 달콤한 아지트가 되었다.

유명한 공간에서 열리는 전시가 아니더라도, 개성 넘치는 작가들의 전시공간에 마음이 끌릴 때가 있다. 심지어 배고파서 찾아간 분식점에도 자연스럽게 발걸음이 가는 곳은 따로 있다. 집 앞에 분식점 두 곳이 나란히 있다. 그중 투박하지만 엄마의 손맛이 느껴지는 김밥집을 나는 더 애용한다.

어느 공간 속에 내가 가장 자유롭게 동화되어 있다는 기쁨과 편안함, 이러한 감정을 느끼게 해준 모든 공간은 나의 아지트가 되어갔다. 이곳에서 삶에 대한 영감을 얻기도 하고 사색하는 소중한 시간을 갖는다. 동시에 내 삶도 정체되지 않고 서서히 변해 가고 있었다.

코로나가 심각해졌을 때 집에 머무르는 시간이 많아졌다. 신기한 것은, 집이라고 해서 모든 공간이 편하게 느껴지지 않는다는 것이다. 집에서도 내가 자주 머무는 공간과 아닌 공간이 분리되어 있다. 가장 출입이 적은 작은 방이 눈에 들어온다. 이 방의 용도는 원래 서재였다. 어느 순간 빨래걸이가 놓여 있고 짐들이 아무렇게 널려 있는 정체를 알 수 없는 방이 되어 버렸다. 식탁에서 책을 읽거나 노트북 작업을 하기 일쑤였다.

아무래도 공간의 변화가 필요해 보여 나는 정리하기 시작했다. 먼저 빨래걸이를 걷고, 마음을 달래기 위해 페인팅한 캔버스 그림들을 벽에 하나둘씩 걸었다. 그림을 벽에 걸어보니, 소박하지만 작은 갤러리 느낌이 났다. 여기저기 흩어져 있는 아크릴 물감들과 붓들을 책상 위에 가지런히 올려 두었다. 책상은 나만의 작업공간인 아틀리에로 변신하기 시작했다. 애정하는 그림책의 표지는 앞으로 펼쳐서 마치 그림 액자처럼 보이게 진열했다. 세 시간의 정리 끝에 어느새 나만의 퀘렌시아(Querencia, 휴식을 취할 수 있는 나만의 안식처를 뜻하는 스페인어)로 탄생했다.

이곳에서 나는 음악을 듣고, 그림을 그리며, 사진을 찍기도 한다. 책장 앞에 앉아 마음이 가는 책을 꺼내 다시 읽기도 한다. 창문으로 살짝 드리워진 햇살을 맞으며 멍도 때리고 차를 마신다. 이제는 작은 방이 오후 시간을 가장 따뜻하게 보내는 홈 아지트가 되었다.

돈과 시간을 들이지 않아도 나만의 공간을 누릴 수 있는 비결에 대해 건축가 유현준 교수의 이야기는 여전히 큰 공감이 된다.

> "공간은 소유하는 것이 아니에요. 공간은 그냥 우리가 찾아서 즐기면 되죠. 우리가 편집자가 되어야 하는 거예요.
> 나만의 공간 플레이리스트가 필요해요. 이 도시 속에서 나를 기쁘게 해주는 공간, 나를 위로해주는 공간을 찾는 거죠."

오늘도 여전히 나만의 달콤한 아지트를 찾아가는 중이다. 늘 뻔해 보이는 장소 같아도 어떤 사람에게는 특별한 공간이 될 수 있다. 누구든지 찾아가서 마음을 터놓고 즐길 수 있다면 그곳이 바로 아지트다.

공간은 우리의 삶 가장 가까이에 있다. 언제든지 따스한 곁을 내줄 수 있는 존재이기도 하다. 공간이 주는 안락함과 너그러움은 아직도 불안정한 나의 생활을 따스하게 쓰다듬어 주고 있다. 이런 공간과 함께할 때마다 감사한 마음이 든다.

이제는 노후가 되어서도 오랫동안 머무를 수 있는 '나만의 인생 아지트'를 꿈꾸며 살고 싶다. 그 꿈을 지금 그리는 중이다.

가끔은
가벼운 유머도 필요해

오랜만에 외출을 하려고 가방을 꺼냈다. 살아생전에 엄마가 쓰셨던 가방이다. 가방을 열어보니, 안쪽 주머니에서 너무나 익숙한 물건이 나왔다. 바로 '후라보노 껌'이다. 엄마의 흔적을 발견하고 눈물이 날 줄 알았는데, 피식 웃음이 나왔다. 갑자기 엄마와 나눈 대화가 생생하게 떠올랐다.

"후라보노 껌 하나 주리?"

"또 샀어, 엄마?"

"이게 가장 상쾌해. 후라보노 껌이 젤 낫다."

혼자 키득키득 웃으면서 혹시나 하는 마음에 다른 가방도 열어보았다. 역시나 후라보노 껌이 낱개로 세 개 들어 있었다. 엄마는 점심 식사 후, 오후의 나른함을 입 안의 상쾌함으로 깨우기 위해 후라보노 껌을 자주 애용하셨다. 껌 두 통을 사서 한 통은 자주 드는 가방에, 다른 한 통은 낱개로 나누어 각각 다른 가방에 넣고 다니셨다.

"엄마, 자일리톨이 낫지 않아? 요새 누가 후라보노를 씹냐고."

"얘는 무슨 소리를 하고 있어. 후라보노를 씹어야 입 안이 훨씬 시원하고 개운해. 자일리톨은 처음에만 상쾌한 기분이 들고 시간이 지나면 단맛만 남더라고. 내가 느끼기에는 그랬어."

평소 미식가였던 엄마가 미각이 유난히 발달했다는 것은 알고 있었지만, 껌이 주는 맛의 여운까지 감별할 줄은 몰랐다. 갑자기 웃음이 터지면서 나는 말했다.

"후라보노 회사에서 아주 좋아하겠네. 역시 우리 엄마야."

엄마는 참 유쾌한 사람이다. 당신이 써본 물건이 마음에 들면, 엄마는 그 물건만 계속 산다. 특유의 당당함과 함께 당신의 애착 물건을 해맑게 이야기하는 엄마를 볼 때마다 나는 웃음이 났다. 엄마와 대화를 하다 보면 즐거울 때가 많았다. 엄마의 돌발 유머가 내게 주는 기쁨이 커서일지도 모르겠다. 엄마의 껌을 보며 나는 잠시 생각에 잠겼다.

'엄마가 보고 싶을 때마다 왜 그렇게 슬픈 감정에만 갇혀 있었을까. 이렇게 웃으며 생각나는 즐거운 기억들도 많은데.'

안타깝게도 나는 엄마의 흔적을 발견할 때마다 슬픔에 먼저 휩싸였다. 아무렇지 않은 듯 하루를 보내지만, 아직도 치유되지 못한 슬픔이라는 벽 앞에 자주 주저앉았다. 그럴 때마다 감정을 추스르기가 무척 힘들었다. 흘릴 눈물이 더 남았는지 계속해서 흐르는 눈물을 연신 닦아냈다. 급기야 슬픔에 정복당한 나는 삶의 의욕조차 없었다.

온몸에 힘이 쭉 빠진 나는 거실 소파에 잠시 누웠다. 핸드폰 속 인터넷 화면을 멍하니 보는데, 곰돌이 모습의 귀여운 강아지 영상이 눈에 들어왔다. 알고 보니 '루퐁이네'라는 인싸 애완견들을 다루고 있는 유튜브 채널이었다.

영상에서 몸집이 작은 하얀 포메라니안 강아지가 반신욕을 하고 있었다. 마치 사람처럼 욕조의 물 온도를 체크하고 여유 있게 목욕을 즐기는 모습이 어찌나 기상천외하던지. 살면서 나는 단 한 번도 애완견을 키워본 적이 없다. 그럼에도 목욕하는 강아지를 보면서 완전히 정신을 빼앗겼다. 연이어 업로드된 다른 영상들도 클릭해보았다. 조금 전까지 지독한 슬픔에 빠져 있는 사람이 맞나 싶었다. 영상을 보는 동안만큼은 아무 생각도 나지 않았다. 그저 힘없이 웃고 있는 나를 발견했다. 복잡한 감정은 온데간데없고 괜찮은 상태로 어느새 돌아와 있었다.

예전에 〈월간 중앙〉에 실린 칼럼 한 편을 읽은 적이 있다. 작가이자 문학평론가 정여울이 쓴 「그림 속 유머의 미학 – 삶은 아름다우니 웃어라」다. 칼럼에서 마치 울다가 웃고 있는 나를 겨냥한 듯 쓰여 있는 구절이 있다. 웃음은 잠깐 '자기'라는 존재를 불현듯 놓아버리는 것이라고 표현한다. 내가 지금 여기 있다는 사실이나 무슨 일을 하고 있는 중이라는 현실마저도 놓아버리는 것이다. 나의 책임은 무엇이고, 내 슬픔이 무엇인지에 대한 자각 등 모든 것을 순간 잠깐 확 놓아버리는 것이라고 쓰여 있다.

그렇다. 웃음 앞에서 모든 것이 일시 정지가 된다. 슬퍼서 웃지 않는 것이 아니라, 웃어서 더 이상 슬프지 않는 것이다. 흐르는 세월에 슬픔을 천천히 묻는 것보다 한바탕 웃음으로 슬픔을 자주 멈추게 하는 것이 나을지도 모른다. 삶을 살아내며 주어지는 무거운 슬픔을 이기기 위해서 가벼운 유머는 필요하다. 유머로 승화되는 웃음으로 마냥 힘들 것만 같은 세상도 아직 살 만한 세상으로 바뀔 수 있기 때문이다.

나를 웃게 하는 유머 감각의 소유자로 엄마에 이어 한 사람이 더 있다. 바로 남편이다. 그는 '아재 개그'를 사랑한다. 연애 때부터 지금까지 틈만 나면 아재 개그를 선보인다. 그렇게 웃기지 않은 개그 드립에 나는 가끔씩 어이없어 황당한 미소를 날리기도 한다. 내가 웃을 때마다 남편은 자신의 개그에 상당한 자부심을 보인다. 어느 날 평일 낮에 남편이 나에게 카톡을 보냈다.

'낮말은 새가 듣고 밥말은 라면은 맛있다.'

참 황당하기 짝이 없는 개그인데, 갑자기 실소가 터졌다. 남편의 아재 개그를 애써 부정하려 했지만, 어떻게든 웃음이 새어 나온다. 알고 보면 나는 유머를 좋아하고 나름 즐기고 있었다.

나이가 들어가니, 현실이라는 눈높이에 맞추어 세상을 보게 된다. 쉬운 일 하나 없이 삶이 마냥 어렵고 복잡하게 느껴진다. 아직도 성장하는 어른이라 처음 겪는 일에 당황하기 일쑤다. 눈앞에 닥친 현실을 외면하고 회피하고 싶을 때도 많다. 그야말로 인생이 녹록지 않다는 말이 저절로 나오는 요즘이다.

실수하지 않는 인생을 살려다 보니, 자꾸만 긴장에 무게가 실린다. 가끔 일어나지도 않은 일로 걱정과 불안을 떠안은 채 스스로를 몹시 괴롭힌다. 이럴 때일수록 잠시 툭 내려놓고 벗어나려는 순간을 일부러라도 만드는 노력이 필요하다.

가벼운 유머 한 줌이 투입되면, 자연스러운 웃음이 나오고 긍정적인 기류가 흐르기 시작한다. 한번 웃고 나면, '뭐가 그렇게 슬프고 심각했던 것일까'라고 오히려 의문이 들 수 있다.

유명 명화나 영화를 위트 있게 재해석한 일본의 현대 미술가 매드사키(Madsaki)의 작품을 볼 때마다 웃음이 난다. 영화 「티파니에서 아침을」 패러디한 작품 「No More Breakfast at Tiffany's」(2017)에서 오드리 헵번이 웃고 있는데 눈에는 눈물이 흐르고 있다.

웃음과 슬픔이 이중적으로 맞물려 있는 것이 마치 내 모습 같다.

아무리 힘들고 슬퍼도 울고 난 뒤에 옅은 웃음으로 마무리하는 나를 보는 것 같다. 감정 소모로 바닥난 에너지를 위트 있는 유머가 순식간에 채워주기 때문이다. 슬픔은 최소한 아끼고 웃음은 최대한 즐기며 살고 싶다.

"삶을 즐겨라, 온전히 즐겨라.
삶에 유머를 더할수록 우리는 더 잘 살게 된다."

_밀턴 에릭슨

비상

날아 오르는
나비처럼

여전히
치유 중입니다

오늘도 나는 집 앞 아지트에서 아이스 아메리카노를 마시며 노트북의 빈 화면을 채워가고 있다. 빈 화면에 글을 채워가고 있는 나 자신이 여전히 낯설다. 무엇을 정리하며 말하고 싶은 것일까. 엄마가 돌아가시고 1년 동안은 엄마의 남은 자리를 정리하고 시험관시술에 몰두하며 아기를 가졌다. 1년간의 삶도 참 정신없이 살았던 것 같다. 이제는 또 다른 삶을 찾아가는 중이다.

어떤 사람들은 나에게 이렇게 이야기한다.

"힘든 일도 지나갔으니, 이제 너의 일상으로 돌아온 거야."

생활이 바뀐 것일 뿐, 나의 일상은 예전과는 분명 달라져 있다. 짧으면 짧았고 길면 길었던 간병 생활 동안, 나는 '인생'을 다시 돌아보고 바라보는 새로운 마음이 생겼다. 누군가에게 "나는 그때 그랬어"라는 말 한마디를 툭 던지고 정리하기에는 내 삶은 결코 가볍지 않았다. 태어나서 처음 느껴본 다양한 감정의 소용돌이 시간을 극복하기 위해 혹독하게 싸웠다. 그러면서 나는 조금씩 변해 가고 있었다. 어떤 이는 이렇게 생각할지도 모르겠다. 몸이 아픈 환자도 아니면서 뭐가 그리 힘들다며 거창하게 이야기하냐고.

물론 지금 이 순간에도 힘든 몸과 사투를 벌이고 있는 환우분들, 그리고 간병하는 모든 분들 앞에서 나의 감정을 토로하기가 무척 부끄럽다. 단순히 나의 간병 경험을 나열하고 힘들었던 마음을 위로받고 싶은 것이 내 이야기의 핵심은 아니다.

갑자기 마주한 삶의 고뇌 앞에서 내가 스스로 찾아 발견하고 겪은 '마음의 치유 여정'을 함께 나누는 것. 이 과정이 인생에서 얼마나 중요한 시간이고, 앞으로도 필요한 삶인지 진심을 다해 이야기하고 싶을 뿐이다.

누구에게나 삶의 고난과 역경을 겪는 시기가 있다. 자신이 처해 있는 상황이 제일 최악인 듯, 사람들은 각자의 힘듦을 앞다투어 토로하고 싶어 한다. 확실히 인지해야 할 것은, 인생의 풍파를 통해 감내해야 하는 고통의 깊이는 사람마다 분명한 차이가 존재한다는 사실이다. "누구나 다 그래"라는 말을 건네는 것이 실례가 될 만큼, 우리의 인생은 버라이어티하며 감당해야 할 고뇌의 무게감도 각자 다르다.

엄마의 병간호를 하기 시작할 무렵 그리고 엄마가 돌아가신 뒤에

몇몇 사람들이 나에게 이렇게 말했다.

"누구나 겪어야 할 일을 먼저 겪는 것이라고 생각해."

그 말을 들었을 때, 한때 작은 위로가 된 적이 있었다. 시간이 흐르면서 나는 그 말에 동조하기 힘들다는 결론을 내렸다. 부모의 죽음은 언젠가 겪게 될 일은 맞지만, 생과 사를 넘나드는 투병과 간병의 고통은 누구나 겪지 않기 때문이다. 어떤 이들에게 병원이라는 존재는 정기적으로 건강검진을 위해 방문하는 곳일 것이다. 또 다른 이들은 병원에서 여전히 사투를 벌이며 기약 없는 시간을 겪고 있을 것이다.

특히 '중증'이라는 거대한 수식어가 붙었을 때, 환자와 가족 모두에게 평범한 일상은 이미 사라져 있다. '건강'이라는 두 글자 앞에서 오는 인생의 차이가 확연히 느껴질 때마다 나는 억울했고 세상을 지독히 원망했다.

그러던 어느 날, 대학원에 같이 다녔던 선배 언니가 내게 건넨 한마디는 나를 다시 살게 해주었다. 사실 그 당시만 해도 언니와 나는 가까운 사이가 아니었다. 관계의 거리와 상관없이 어두웠던 내 마음의 안부를 물어봐 준, 언니는 지금까지 가장 고마운 사람이다.

"저예요. 가끔 어떻게 지내고 있는지 왠지 모르게 신경이 쓰이더라고요."

나름 친하다고 생각했던 사람들은 내게 조심스러워서 연락도 못했다는 소리만 했다. 내가 부담스럽지 않게 언니는 먼저 용기를 내어 가끔씩 손을 내밀었다. 전적으로 마음을 공감해주는 진심이 느껴져서 나도 조용히 숨겨진 속마음을 드러내기도 했다. 어느 날, 핸드폰 너머 이런저런 이야기를 하다가 언니가 이런 말을 했다.

"지금 겪고 있는 일이 다른 사람들보다 분명 힘든 상황은 맞아요. 냉정하게 비칠 수 있지만 이 말은 꼭 해주고 싶었어요. 안타깝지만 고통스러운 날들 또한 자기 인생이라는 사실요."

어쩌면 난 매일 만나는 불안한 날들을 감수하며 살아야 한다는 것을 이미 알고 있었는지도 모른다. 단지 부정하고 회피하고 싶은 마음이 컸을 뿐. 마음을 내려놓고 받아들이는 것, 이것이 바로 내가 직시해야 할 삶의 현주소였다.

언니의 한마디는 현재의 상황을 객관적으로 보게 해주었다. 그동안 피상적으로 느껴졌던 위로보다 가장 내 마음을 파동 치게 한 강력한 깨달음과도 같았다. 그 후로 나는 어떤 위기와 시련도 포용하고 껴안으며 살기로 했다. 나에게 일어난 모든 순간, 모든 일들 또한 피해갈 수 없는 내 운명이자 인생이니까. 그 누구도, 그 어떤 상황도 전혀 탓할 일이 아닌 것이다.

지금도 나는 여전히 치유 중이다. 글쓰기로 복잡한 마음의 실타래를 풀어가고, 그림 페인팅으로 상처가 깊게 베인 마음을 위로받고 있다. 때로는 무작정 걸으며 함께하고 있는 자연의 위대함 앞에서 옹졸했던 나를 반성하고 감사함을 느끼기도 한다. 오전에 따뜻한 차 한잔과 함께 유머 가득한 영상을 보며 웃기도 한다. 타인의 시선 대신 나의 마음에 집중하려고 노력하고 있다.

암을 겪은 부모님의 죽음 뒤에 지나친 건강 염려증이 찾아왔지만, 덕분에 기름지고 짠 음식을 멀리하려 하고 꾸준히 걷는 습관도 생겼다.

그동안 보이지 않았던 다양한 삶에 관심을 갖고 마음이 여유로워졌다. 그렇게 목숨 걸며 다루었던 일들이 아무것도 아닌 일처럼 느껴졌다. 어떤 집착도 서서히 사라지게 되었다. 나를 덮친 시련은 잃어버린 시간이 아닌 인생의 전환점이 되는 축복 같은 시간이라 여겨진다. 인생이라는 단어가 주는 의미를 계속 탐색하고 매일 다독이며 살아가고 있다.

"나는 삶을 사랑하고 삶은 나를 사랑한다.
나는 살며 사랑했다.
나는 치유된다."

미국의 대표적인 심리학자 루이스 헤이가 쓴 『치유수업』에서 내가 치유받은 글귀다. 캄캄한 터널 속에서 처절하게 주저앉은 나를 계속해서 들여다보고 치유의 시간을 찾으려고 했던 것은, 괜찮은 하루를 살고 싶었던 삶에 대한 사랑 때문이다. 치유의 과정과 시간이 있었기 때문에, 나는 비로소 나를 더욱 아끼고 사랑하게 되었다. 눈앞에 닥친 어려움도 담담하게 헤쳐나갈 수 있었다.

눈을 뜨고 지금을 살아갈 수 있는 삶이 얼마나 소중한지 모른다. 치유는 끊임없이 작용하는 인생의 보살핌과도 같은 시간이자 내 인생의 동반자가 되었다. 나는 특별한 삶보다 순조로운 삶을 살고 싶다. 이러한 삶을 바라는 지금, 여전히 어지러운 마음을 붙들며 살피고 있다. 마음이 먼저 평온하고 중심이 제대로 서야 인생의 흔들림도 없을 테니까.

삐딱하게 서지 말고 비뚤게 보지 말고

췌장암으로 힘든 투병 생활을 해온 고(故) 유상철 감독의 부고 소식은 무척 충격적이었다. 유 감독은 "반드시 살아 돌아오겠다"라는 굳건한 약속을 끝내 지키지 못한 채 삶의 마지막을 맞이하게 된 것이다. 친정엄마와 같은 병이었기 때문에 마음으로 가장 응원한 환우이기도 하다. 부고 소식이 들리던 날 새벽, 잠든 남편의 등 뒤에서 나는 숨죽인 채 한참 동안 눈물을 흘리다가 잠들었다.

엄마가 처음 췌장암 진단을 받았을 때 대부분의 사람들은 스치듯 이런 말을 했다.

"왜 하필 췌장암이래니."

조기 발견이 어렵고 치료가 여전히 힘든 무서운 암이라는 사실을 사람들은 이미 알고 있었나 보다. 나도 짐작은 하고 있었지만 이런 말을 반복적으로 듣다 보니 마음이 불편해지기 시작했다.

"예전과 다르게 신약도 많이 나왔고 효과도 좋아서 잘만 치료하면 괜찮을 거예요."

다른 사람들의 입에서 더 무서운 말이 나올까 봐 나는 애써 괜찮다며 말을 끊었다. 걱정되고 안타까워서 건넨 말이지만, 나는 온전하게 받아들이지 않았다.

'췌장암인 것이 죄야? 곧 죽을 것처럼 다들 이야기하고 그래.'

불편해진 마음이 삐딱하게 서기 시작했다. 삐딱한 마음이 자리잡으니, 겪고 있는 모든 상황에 대해 상당히 예민하게 반응했다. 언젠가 지인 한 분이 건강이 최고라며 나와 가족을 위로해준 적이 있다. 그러더니 대화 끝에 본인도 허리 때문에 아프다는 고충을 토로했다. 나도 모르게 삐딱한 마음이 다시 꿈틀대기 시작했다.

'고작 허리 때문에 저러다니. 수술 안 하고 검진받을 정도면 괜찮은 일 아닌가. 정말 눈치 없는 사람이네.'

몸이 아픈 것을 공감한다는 차원에서 전한 이 말은 비뚤어진 나를 자극했다. 심지어 지인에 대한 이상한 편견마저 생겼다. 나의 삐딱한 마음은 세상마저 부정적으로 보게 만들었다. 아직도 독한 항암제를 최선책으로 사용할 수밖에 없는 의료계 현실이 못 미더웠고 답답하기까지 했다.

마음에 뾰족한 날을 세우면서, 나는 가장 가까운 사람에게 마음의 상처를 주는 가해자가 되기도 했다. 내 옆을 가장 묵묵히 지켜주고 있는 남편을 나의 감정 쓰레기통으로 만들어버린 것이다. 결코 의도한 것은 아니지만, 나도 모르게 쌓아왔던 부정적 감정들이 폭발했다.

"오빠도 결국 내 속을 모르는 거야. 겪어보지 못했으니 어떻게 알겠어."

분명 나는 남편에게 화가 난 것이 아니었다. 그럼에도 마음에 불구덩이가 지펴지더니 삐딱한 발언을 퍼붓고야 말았다.

병실에서 핸드폰을 보다가 오랜만에 지인들의 SNS를 보면 갑자기 우울해지기도 했다. 저마다의 걱정이 있겠지만, 내 눈에는 적어도 행복한 사람들처럼 보였다. 그들이 아무리 힘들다고 외쳐도 여전히 평범한 일상을 잘 살아가고 있었다.

원래 SNS에 행복만 보이는 이유가, 남들보다 즐거워야 한다는 한국인들의 '기쁨 강박증' 때문이라는 어느 뉴스 기사를 본 적이 있다. 좋은 모습을 보이고 싶어 하는 과시 욕구의 본능이 존재하고 있는 것이다. 이러한 심리적 본능을 떠나 눈에 보이는 행복을 그대로 공감하고 존중해줄 수도 있었을 텐데. 나의 비뚤어진 눈에 보인 것은 타인과 비교되는 삶 그리고 나 자신의 주제 파악뿐이었다. 다른 사람들의 공간을 둘러보다가 금세 그곳을 벗어났다.

삐딱한 마음과 비뚤어진 시선은 나를 부정적인 괴물로 만들었다. 그러다 보니 즐거움, 기쁨, 감사함 그리고 행복함의 긍정적 감정에 무뎌지고 쉽게 생기지도 않았다. 모든 것이 불만, 비난, 화 그리고 원망뿐이었다. 어느 날 엄마와 대화하다가 서로 속마음을 나눈 적이 있었다. 그때 엄마가 이야기했다.

"난생처음 사람을 마음으로 용서하고 이해하니, 마음이 한결 편해지고 좋더라. 너희 아빠 식구들에 대한 미움을 먼저 용서하기 전에, 한때 아빠의 마음을 헤아리지 못했던 나를 먼저 용서하고 싶었어."

엄마와 나는 돌아가신 아버지의 친척들을 두고 비인간적이라고 말했던 적이 있었다. 아버지의 부모님이 돌아가신 뒤에도 형제들은 막내였던 아버지를 제대로 살피지 않았다. 아버지가 결혼하고 돈을 벌기 시작할 무렵, 핏줄 섞인 형이라는 이유로 아버지는 바로 위의 형을 취직시켜주고 집까지 사주셨다.

그때마다 엄마는 평생 받은 것도 없는 사람이 왜 그렇게까지 하냐고 볼멘소리를 하셨다. 무관심하고 이기적인 성격의 형제들이라는 것을 뻔히 알면서도, 오히려 마음을 주려고 했던 아버지가 도저히 이해되지 않았다.

아버지가 돌아가신 후, 아버지의 몇몇 친척들과 교류가 뜸해지다가 이내 관계가 끊어졌다. 엄마와 나, 남동생의 안부를 지속적으로 묻거나 신경 써준 사람들은 크게 없었다. 그러다가 내가 결혼할 무렵, 엄마는 고민하다가 결국 나의 결혼 소식을 아버지의 친척들에게 알렸다. 엄마는 그때 이미 지나간 안 좋은 감정은 털고 미움마저 용서했다고 말했다.

당시 나는 엄마의 말이 쉽게 납득되지 않았다. 한순간에 사람의 마음이 이렇게도 달라질 수 있는 것인가. 용서가 지나간 자리에 엄마의 마음은 더 이상 삐딱하지 않았다. 따뜻한 관대함만이 남아 있었다.

엄마의 장례식장에서, 나는 아버지의 친척들과 오랜만에 마주하게 되었다. 엄마의 투병 소식조차 제대로 알리지 못했기 때문에 그들은 매우 놀란 것처럼 보였다. 사람이 죽어서야 찾아온 그들의 모습이 나는 결코 반갑지 않았다.

시간이 흐르고 나서 나는 엄마가 전한 '용서의 메시지'가 떠올랐다. 계속해서 뒤틀려 있던 마음이 완전히 풀린 것은 아니지만 서서히 마음을 내려놓기 시작했다.

이제 와서 생각해보니, 간병 생활이 더욱 힘들었던 이유는 나 자신이 나를 해치고 있었던 것이 가장 컸다. 삐딱한 마음과 비뚤어져 있는 태도가 나를 병들게 했다. 그동안 살아오면서 상황에 대한 못마땅함은 타인을 겨냥한 무차별적인 원망과 탓으로 이어졌다. 가끔씩 나 자신을 심하게 질책하며 자존감마저 잃어버리게 했다. 올바르지 못한 내면으로 나는 불행한 삶을 자초했던 것이다. 모든 것이 새삼 후회가 된다.

세계적인 영성작가 안젤름 그륀 신부가 쓴 『당신은 이미 충분합니다』에 나를 염두에 둔 듯한 구절이 나온다. 상황 자체가 인간을 불안하게 만드는 것이 아니라, 그 상황에 대한 생각이 우리를 불안하게 만든다고 이야기하고 있다. 우리가 불행한 느낌이 들거나 불안하고 슬플 때마다 그 원인을 다른 곳이 아닌 우리 자신 안에서, 즉 우리의 생각 속에서 찾아야 한다는 글귀가 마음 깊이 남는다.

빼딱하고 비뚤어진 모습은 결국 스스로의 마음과 생각에 따라 얼마든지 바르게 세워나갈 수 있다. 안경을 삐딱하게만 써도 사물이 비뚤어져 보이는 것처럼, 우리 마음이 기울어져 있을 때 모든 것이 기울어져 보일 수밖에 없다. 지금이라도 나의 기울어진 마음을 일으키고 투명한 시선으로 아름답게 세상을 보고 싶다.

여전히 삐딱한 마음이 생길 때마다 나 자신을 먼저 용서하고, 나를 힘들게 하는 상황들을 적대시하지 않으며 언제든지 손을 내밀기로 했다. 이것이 바로 내가 깨닫고 터득한 소중한 삶의 치유법이다.

걱정에 빠지지 않고 행복에 빠지고 싶다

원래 나는 생각이 많은 편이다. 책을 보다가 마음에 든 글귀를 발견하면 그 의미를 곱씹어보며 적어둔다. 친구가 조심스럽게 고민을 털어놓을 때 나는 그 고민에 완전히 이입되어 해결책을 생각해본다. 어떠한 결정을 앞두고 있을 때 '지금 이런 결정을 하는 것이 과연 맞을까' 하고 쉽게 결단을 내리지 못한 채 신중해진다.

여행을 떠나 마주한 바닷가에서 잠시 이런저런 생각을 하며 사색에 잠겨본다. 모든 일상과 맞물린 채, 내 머릿속의 생각은 쉬지 않고 끊임없이 돌아가고 있다.

가끔씩 넘쳐나는 생각들 때문에 나는 머리가 복잡하고 피곤해진다. 예를 들면 '나를 어떻게 생각할까' 하며 타인의 시선을 지나치게 의식하고 행동할 때가 있다. 어떤 일이 주어졌을 때 다른 사람들에게 민폐를 끼치거나 싫은 소리가 나오는 것이 유독 싫어서 깡과 책임감 하나로 버틴 시간도 많다.

상대방의 말투, 태도, 행동 등을 재빠르게 살핀 뒤 나는 직관적으로 성향을 잘 파악하는 편이다. 어떤 환경에 처해도 적응을 꽤 잘한다는 소리도 들었다. 알고 보면 속해 있는 조직과 환경에 최대한 융화되기 위해 나는 수만 가지 생각을 하며 노력해왔다.

사소하게는 여행 숙소를 정할 때조차 그렇다. 잠자리가 쾌적하지 못하면 잠을 잘 못 자기 때문이다. 후각이 잘 발달해서 그런지는 모르겠지만 나는 향, 냄새에 유독 민감하다. 뿐만 아니라 아무리 인기 많은 유명한 곳이라도 사람이 많고 소음이 심하면 방문하기가 꺼려진다. 잘 알려지지 않아도 천장이 높고 널찍한 공간이 보장되는 조용한 곳이면 바로 찾아간다. 이러한 모든 것에 민감하게 반응하고, 겹겹의 생각들이 꼬리에 꼬리를 물게 되니 내 머리는 극도로 복잡해질 수밖에 없다.

프랑스의 심리치료 전문가 크리스텔 프티콜랭이 쓴 『나는 생각이 너무 많아』에는 넘쳐나는 생각을 가리켜 '정신적 과잉활동'이라고 표현한다.

책의 내용에 따르면, 생각이 너무 많은 뇌에서 가장 먼저 주목할 특징은 '감각 과민증'이라고 언급하고 있다. 이런 사람들은 감각이 발달하여 예민하게 보일 수 있지만, 주변 환경에 대한 정보를 많이 취합할 수 있는 장점이 있다고 한다. 게다가 남들이 알아차리지 못하는 세세한 것들까지 포착하는 능력이 뛰어나다. 책을 읽다 보니 나도 감각 과민증에 속한 사람이라는 생각이 문득 들었다.

최근에 지인 몇 명이 그림을 그리고 SNS에 생각을 남기는 나를 보며 이렇게 말한 적이 있다.

"이렇게 감성적인 사람인 줄 몰랐네."

나도 내가 어떤 사람인 줄 모른 채 살아왔다. 어릴 적부터 감정이입을 잘하고 마음으로 사람을 만나며 세상을 보고 싶어 하는 감수성이 풍부한 사람이었나 싶다.

감각적이고 감성적인 그리고 나름 상황에 대한 민첩한 장점이 있는 나에게도 가끔씩 문제가 발생한다. 적당한 고민과 걱정은 신중한 태도와 함께 실수를 막아주고, 창의적인 사고방식으로 의외의 기쁨을 가져오게 할 수 있다.

그러나 가장 심각한 문제는 머릿속에 떠오르는 수만 가지 생각에서 고민과 걱정의 비중이 지나치게 커져 있다는 것이다. 마음먹은 만큼 일이 풀리지 않을 때 생각은 고민이라는 직행열차를 타기 시작한다. 고민이 쉽게 풀리지 않아서 생긴 조급하고 불안한 마음 때문에 고민은 순식간에 걱정으로 번진다. 어떤 경우에는 고민과 걱정이 불규칙하게 교차하며 동시에 몰려올 때가 있다. 이럴 때는 신경이 급격하게 예민해지고 급기야 우울한 감정에 빠져 오랜 시간 고군분투하게 된다.

나를 가장 힘들게 하는 것은, 일어나지도 않은 일에 대한 지나친 걱정이다. 이러한 걱정은 지속적으로 반복되어 결국 과대한 망상을 불러일으킨다. 특히 엄마의 투병 기간에 이러한 과대망상증은 굉장히 심했다. 하루에도 열두 번, 침대에 누워 있는 엄마가 갑자기 없어지는 상상을 했다.

건강검진을 받을 때마다 '나도 암에 걸리는 건 아닌가?' 하며 괜한 걱정을 한다. 심지어 첫아기가 유산된 후, 임신을 준비하는 동안에도 '정상적인 아기가 과연 생길 수 있을까' 하는 일어나지 않을 일에 대한 걱정으로 우울함을 자초한다. 차마 입 밖으로 내뱉지 못한 지나친 걱정들을 머리로만 끙끙 앓고 있는 것이다. 심지어 자조적인 생각은 나를 밑바닥까지 몰아붙인다.

"내 인생이 그렇지, 뭐. 뭐든 쉽게 가는 법이 없는 팔자지."

나도 모르게 튀어나온 발언이 굉장히 섬뜩하게 느껴진 적이 있다. 별것 아닌 일에도 습관처럼 내뱉은 입버릇으로 진짜 역경의 아이콘이 될 것만 같았다. 걱정은 정신적 고통으로 찾아와 몸까지 힘들게 만들었다. 선잠에 자주 들고, 심장이 두근대며 혈압 수치가 높아지기만 했다. 헤어날 수 없는 과잉 걱정으로 암울한 일상이 이어졌다. 인생의 마이너스가 되는 모든 생각에서 나는 어떻게든 벗어나고 싶었다. 이왕이면 웃으며 즐기는 인생의 플러스 행복을 제대로 느끼고 싶었다.

항상 지나친 불안을 안고 살아 스스로 거는 주문처럼 이야기를 쓰게 되었다는 소개 글이 인상적인, 정미진 작가의 그림책 『불행이 나만 피해갈 리 없지』가 있다. 이 책을 만난 이후, 나는 내 삶의 행운과 행복을 다시 기대하게 되었다. 예측하기 힘든 일이 폭죽처럼 터질 때마다 주인공은 "불행이 나만 피해갈 리 없지" 하고 말한다. 그러다가 주인공은 마지막에 이런 말을 남긴다.

"그래, 행운도 나만 피해갈 리 없지."

어떤 일이든 생각이 한 끗 차이라는 말에 잠시 공감이 된다. 근심스러운 걱정보다 행복한 고민이 나을지도 모른다. 행복한 고민보다 주어진 삶에 적당한 만족감을 갖고 사는 것이 행복 노선으로 가는 지름길이 아닐까 싶다.

요즘 따라 '행복'에 대한 생각을 자주 하게 된다. 분명한 것은 행복을 생각하면 웃음이 난다는 것이다. 가슴이 벅차오르고 눈물이 날 정도로 기쁜 감정이다. 근심 걱정은 전혀 찾아볼 수 없다. 행복해지는 법에 대해서 여전히 많은 사람이 궁금해한다.

행복 자체가 워낙 광범위하고 다양해서 명확하게 단정하기는 힘들다. 어떤 사람은 기본적으로 돈이 보장되어서 하고 싶은 것을 마음껏 누릴 수 있는 삶이 행복의 기준이라 말한다. 또 다른 사람은 달콤한 디저트 한 입으로 황홀해지는 감각적인 느낌 자체만으로도 행복이라고 이야기한다.

괴로운 감정이 찾아올 때마다 막연하지만 나는 행복해지고 싶은 욕구가 강해졌다. 그럴 때마다 프랑스의 저명한 정신과 의사이자 심리학자인 프랑수아 를로르가 경험을 바탕으로 쓴 『꾸뻬 씨의 행복 여행』을 찾는다. 다른 사람들이 부러워할 만한 조건을 갖추었지만 전혀 행복하지 않았던 정신과 의사인 꾸뻬 씨가 스스로 찾아가는 행복에 대한 여행 이야기이다.

이 책 한 곳에 내가 줄을 쳐 놓은 구절이 있다. 진정한 행복은 먼 훗날 달성해야 할 목표가 아닌, 지금 이 순간 존재하는 것이라고 말한다. 행복은 미래의 목표가 아닌 현재의 선택이라는 말에 눈길이 간다.

나를 괴롭히는 걱정은 나 자신이 선택한 거대하게 부풀려진 결과물일지도 모른다. 걱정에 빠지지 않고 오히려 행복에 빠지는 것 또한 나의 선택으로 가능한 결과물이 될 수 있다고 생각하니, 이보다 더 명쾌한 위로가 없다.

매번 행복을 목표로 하면서 살기는 힘들지만, 언제든지 현재의 행복을 발견하고 선택하며 그것을 품을 수 있는 용기. 나는 이제 그 용기를 무모하게 시도하며 나만의 행복을 찾아가고 싶다. 걱정만 하고 살기에는 너무나 아까운 인생이다.

'고맙습니다', 이 말은 꼭 전하고 싶었어요

요즘 삶에 고마움을 자주 느끼고, 이러한 마음을 전하고 싶은 마음이 커지고 있다. 게다가 사소한 일에도 고마운 마음을 진심으로 표현하는 사람들을 다시 보게 된다. 유독 그들에게 마음이 간다. 나 역시 진심을 전하고 싶다는 생각이 든다. 나이가 들어서인지 이제야 철이 드는 것인지도 모르겠다.

날씨가 화창한 어느 주말, 나는 집 근처 공원에 갔다. 키 큰 나무들 사이로 띄엄띄엄 놓여 있는 벤치에 앉아 주위를 잠시 둘러보았다. 공원을 즐기는 사람들을 구경하는 재미가 쏠쏠했다. 가볍게 걷는 할머니들부터 커피를 마시며 여유롭게 수다 떠는 아이 엄마들, 그리고 자전거를 타는 아이들이 눈에 띄었다.

잠시 앉아 음악을 듣고 있는데, 갑자기 내 앞에서 자전거를 탄 아이가 넘어졌다. 곧 울 것 같은 표정이었다. 아직 제대로 된 육아 경험조차 없는 내가 당황하며 아이에게 외쳤다.

"괜찮아요? 씩씩하게 다시 일어날 수 있어요."

몸은 얼어 있는데 마음만 다급해서 나온 무의식의 한마디였다. 갑자기 아이의 누나로 보이는 여자애가 달려왔다. 동생을 능숙하게 일으키고 옷을 털어주며 괜찮다고 위로했다. 그러더니 나를 보고 말했다.

"제 동생 걱정해주셔서 감사합니다."

한눈에 봐도 열 살 남짓의 아이가 능숙하게 감사 인사를 전했다. 아이의 감사 인사가 이렇게나 멋지게 들릴 수 있는 일인가. 그 순간 '부모가 어떤 분들인지는 모르지만, 교육을 참 잘 받았네. 어쩜 말도 저렇게 예쁘게 할까' 하는 생각이 들었다. 어린아이에게서 받은 순수한 감사 인사 한마디로 마음이 흐뭇해졌다. 오랜만에 마음이 따뜻해지는 것 같아서 오히려 내가 고마운 생각이 들었다.

타인에게 진심을 전할 때, 고마움이라는 감정을 표현하는 것만큼 감동적인 순간은 없을 것이다. 어떻게 보면 "고맙습니다" "감사합니다"의 말은 일상에서 자주 들리는 흔한 인사말로 비칠 수 있다. 최소한의 예의를 차리고 관계 유지를 위해 단순히 사용하는, 사회적 개념으로의 말로 단정 짓기는 힘들다. 이럴 경우, 상대방에게 영혼 없는 고마움만 전하게 될지도 모른다. 고마움을 전해 받은 사람도 진짜 고마움이 무엇인지 모른 채, 상대방의 인사를 의식 없이 받아들일 수 있다.

고마운 마음을 말로 전할 때 나는 신중하면서도 구체적이어야 한다고 생각한다. 먼저 상대방에게 고마운 마음을 전하기 전에 본인이 느끼고 있는 고마운 감정이 무엇인지 정확하게 인지하고 있어야 한다. 그런 후, 인지하고 있는 고마운 감정을 구체적이고 명확하게 언급하며 인사를 함께 전하는 것이 좋다. 막연한 칭찬보다 구체적인 칭찬을 받을 때의 기쁨이 더 큰 것과도 비슷한 맥락이다.

고마움의 표현이 마침표로 간단히 끝나는 입술 인사보다 세심하게 표현된 마음의 인사가 낫지 않을까. 세심한 인사는 서로의 마음을 제대로 나누게 하고 뜻밖의 감동을 선사해주기도 한다.

가끔씩 내가 선물한 그림책이나 에세이 책을 받은 지인들이 고마운 마음을 표현하는 방식은 천차만별이다. 어떤 친구는 "고마워, 잘 읽을게"라는 간략한 인사로 끝맺음한다. 다른 친구는 "이런 책도 다 있어? 내가 잘 볼지는 모르겠지만, 아무튼 고마워"라고 말하기도 한다. 또 어떤 친구는 받은 책을 인증샷으로 찍어서 고마움을 보낸다. 다른 친구는 책을 잘 받았는지 읽었는지 전혀 모를 정도로 깜깜무소식인 경우도 있다.

물론 내가 자발적으로 벌인 일에 대가를 바라고 고마운 인사를 챙겨 받겠다는 유치한 의도는 전혀 없다. 다만, 받은 것을 너무 당연해하거나 대수롭지 않게 생각하는 이들이 있다. 고마움조차 느끼지 못하는 사람들이다. 반면, 진심으로 고마움을 느끼고 이를 또 다른 고마움으로 표현하여 나를 감동시키는 사람들이 있다. 고마움 앞에서 다양한 반응들이 존재할 수 있지만, 나는 이왕이면 후자의 사람들이 인간적이고 품격 있게 느껴진다.

"정말 고마워. 받은 책을 읽어보니 내 상황과 비슷한 내용들이 있어서 솔직히 놀랐어. 내가 무의식중에 생각했던 것들이 문구로 표현되어서 공감도 되고. 네 덕분에 이런 경험을 다 해본다."

나에게 최고의 감동을 준 지인의 말이 아직도 잊히지 않는다. 평소에도 매너 있고 사려 깊은 사람이라는 사실을 이미 알고 있었다. 자신의 상황과 마음을 대변해준 책들이라서 더 좋았다는 솔직한 마음을 표현해준 그녀의 한마디에 나는 뭉클해졌다. 고마움이라는 진정성의 깊이가 관계에서 얼마나 크게 작용하는지 몸소 깨달아가는 중이다.

그동안 나를 고마움이라는 벅찬 감정으로 이끌어준 많은 것이 있었다. 예전의 나는 고마움의 감정을 제대로 느끼지 못한 채 살았다. 감사의 기적, 감사의 힘이라는 문구가 적힌 책들을 봐도 그다지 큰 감흥이 없었다. 막연하고 추상적인 표현이자 전혀 와 닿지 않는 꾸밈말처럼 느껴지기까지 했다. 매일 감사 일기를 포스팅하는 사람들의 글을 볼 때마다 솔직히 왜 저렇게까지 하는지 이해가 도통 되지 않은 적도 있었다.

그러던 내가 이제는 '이만하길 다행이야, 이 정도도 괜찮은 거야' 라는 생각으로 전환되면서 고마움, 감사의 마음이 자연스럽게 생기게 되었다. 여전히 인생이 내 마음 같지 않고 만족스럽지 못할 때마다 불평, 불만이 난무하지만, 이러한 부정적 감정들이 더 이상 폭주하지 않게 되었다. 이런 감정의 변화가 생긴 결정적 계기를 곰곰이 생각해보니, 암흑과도 같았던 시련과 녹록지 않았던 고난의 경험들을 헤쳐나간 시간들이 있었기 때문이다.

매일 밤 병실에서 "오늘 엄마 컨디션이 이 정도면 다행인 거야. 감사한 일인 거야"라는 말을 일부러 꺼내며 나와 엄마를 애써 달랬다. 뿐만 아니라 일상 곳곳에서 나는 감사함을 발견했다.

'비록 내 생활을 잠시 잃었지만, 엄마와 함께 보낼 수 있는 시간을 얻은 것은 정말 감사한 일이야.'

'엄마가 투병하기 직전에, 동생이 가게를 차릴 수 있었던 것 자체가 기적이고 감사한 일이야.'

'맛있는 음식을 별 탈 없이 소화시킬 수 있어서 다행이야.'

심지어 가끔 친구를 만날 때, 나도 모르게 감사함을 가지라고 충고하기도 한다.

"힘든 마음은 알겠는데 적어도 내 눈에 비친 너는 꽤 괜찮게 살고 있어. 온전히 너에게 집중된 고민에만 빠져서 살 수 있다는 사실만으로 나름 행복한 인생이야. 아직 부모님도 건강하게 살아 계시잖아. 지금을 감사하게 생각해."

나의 감사 목록을 꺼내 보면 끝도 없이 나올 것 같다. 어느 날 갑자기 삶이 멈추고 잃어버린 것들이 많아졌다. 당연하다고 생각했던 모든 것이 그립고 소중하게 느껴졌다. 현재는 붙잡고 싶을 정도로 귀중했고, 무탈한 하루만 보내도 다행이라 생각했다. 부모님을 일찍 떠나보내며 나는 예측할 수 없는 인생 앞에서 겸허해지고 겸손해졌다. "눈을 뜨고 하루를 보낼 수 있다는 것만으로도 감사한 일이다"라는 말이 이제야 절실히 공감된다.

"감사하면 할수록 아름다운 것을 더 많이 볼 수 있게 되었다."

메리 데이비스의 명언은 나의 삶을 통해 증명된 문구다. 감사한 마음을 갖기 시작하니, 선한 눈을 갖게 되었다. 선한 눈으로 예전에는 미처 보지 못했던 삶의 아름다운 모든 것이 다시 보이기 시작했다. 이것이 바로 감사의 힘이 아닐까 싶다.

감사한 마음이 풍요로워질수록 행복도 커져 갈 것이다. 앞으로도 나는 많은 사람에게 고마운 마음이 생길 때마다 놓치지 않고 표현하며 살고 싶다. 감사의 씨앗을 마음에 심어준 나의 인생에게 이 말은 꼭 전하고 싶다.

"고맙습니다. 진심으로 감사할 수 있는 삶을 살게 해주어서."

오늘이 내 인생 마지막 날이라면

매일 불안한 마음으로 제대로 잠을 자지 못했던 간병 생활의 습관이 여전히 남아 있다. 엄마가 돌아가신 이후에도 나는 새벽에 세 시간 간격으로 깨거나, 깊이 잠들지 못했다.

뜬눈으로 날을 샌 어느 날의 오후, 나는 늦은 점심을 먹고 잠시 소파에 앉아 있었다. 그러다가 나도 모르게 잠이 들었다. 정확하게 기억이 나지 않지만, 나는 분명 꿈을 꾸고 있었다. 한창 꿈을 꾸고 있는 도중, 갑자기 엄마의 임종 장면이 나왔다. 잊을 수 없는 생애 마지막 장면이 다시 재연되는 순간이었다.

캄캄한 호스피스 병실의 침대에서 콧줄을 끼고 있던 엄마는 의식을 잃은 채 숨을 헐떡이고 있었다. 극심한 통증으로 똑바로 눕지 못하고 반쯤 앉아 있는 힘겨운 상태의 모습이 선명하게 보였다. 가슴이 먹먹해 오고 급기야 눈물이 베개를 타고 흐르기 시작했다. 꿈속에서 나는 '엄마'라는 말만 연신 외쳤다. 갑자기 심장이 터질 것처럼 아파 눈을 번쩍 떴다. 모든 것이 꿈이었다.

지금도 가끔씩 부모님의 마지막 장면이 생생하게 떠오를 때가 있다. 누군가는 부모님의 임종을 함께한 것만으로도 다행이라고 말했다. 나 역시 부모님이 눈을 감았던 마지막 순간을 지킬 수 있어서 감사하게 생각한다. 그럼에도 눈앞에서 경험한 '죽음'이라는 과정과 최후의 결과는 나의 잠재의식 속에 강렬하게 남게 되었다.

죽음의 장면은 가끔씩 나를 찾아와 극심한 슬픔과 공포감으로 몰아넣는다. 부모님의 죽음을 지켜본 이후, 나는 죽음에 대해 깊이 생각하게 되었다.

고대 그리스의 서정시인인 바킬리데스는 이런 말을 남겼다.

"인간에게 가장 고통스러운 죽음은 그가 미리 아는 죽음이다."

'시한부 선고를 들은 부모님의 심정은 과연 어땠을까' 하고 생각하니 부모님이 한없이 안쓰럽고 가엾게 느껴졌다. 고통을 느끼는 순간마다 죽음의 그림자가 드리워져 무척 두렵고 무서웠을 것 같다. 그때마다 침착하게 부모님 귓가에 대고 내가 말 한마디라도 따뜻하게 해드렸으면 좋았을 텐데. 차가워진 손과 발을 내 온기로 자주 쓰다듬어 주었으면 더 좋았을 텐데.

생각할수록 후회되고 마음이 무거워지는 기억이다.

아무리 풍족한 인생을 살았더라도 마지막 죽음이 힘들고 고통스럽다면 과연 행복했던 인생이라고 자신 있게 말할 수 있을까. 사람은 누구나 삶을 살다가 죽게 마련이다. 대부분 현실의 삶에 치여 인생의 마지막을 제대로 생각하지 못한 채 죽음을 맞이한다. 열심히 일하다가 이제야 제대로 당신의 삶을 살기 시작할 때 아버지는 암 선고를 받았고, 50대의 인생을 펼치기도 전에 하늘나라로 간 것이다.

어느 날, 이종사촌 오빠와 저녁을 함께 한 적이 있다. 어릴 적부터 가깝게 지냈던 허물없는 사이다. 성인이 되고 서로의 가정이 생기면서 예전만큼 자주 보지 못하지만, 항상 나와 남동생을 아껴주는 속 깊은 고마운 오빠다. 대화를 하다가 나는 새로운 사실을 알게 되었다. 암 투병 중이던 아버지가 그에게 전한 이야기가 있었던 것이다. 그 이야기를 지금까지 마음에 새기며 살고 있다고 했다.

"돈 많이 벌면 모든 것이 좋아질 줄 알았지. 악착같이 살았더니 결국 얻은 것은 병이더라고. 너는 살면서 너무 욕심내지 말고 하고 싶은 것 충분히 즐기면서 살아."

처음 듣는 이야기였지만, 아버지가 왜 그런 말씀을 하셨는지 알 것 같다. 아버지는 현재를 제대로 즐기지 못하셨다. 극심한 가난이 불러일으킨 돈과 성공에 대한 집착으로 당신의 몸이 병들어가는 줄도 모른 채 일만 하셨다. 생활이 조금씩 나아지고 여유로워질 만한 시기에도 만족하지 못하고 부유해지기 위해 모든 것을 쏟아부으셨다.

가끔 아버지가 병에 걸리게 된 이유에 대해 나는 생각해보곤 한다. 결국 지나침이 일으킨 정신적인 스트레스가 가장 큰 이유였다. 돈을 많이 벌고 남들이 부러워할 만한 위치의 삶만이 성공하고 행복한 인생이라고 생각하셨던 것 같다. 정작 당신의 삶은 즐기지 못한 채, 물질적이고 세속적인 삶에 희생되셨다.

부모님이 살아생전 걸어왔던 인생길을 다 알 수는 없지만 가끔씩 나는 차분히 헤아려본다. 슬프게도 두 분의 환하고 빛났던 삶은 온데간데없고, 고통스러운 죽음만이 선명하게 남아 있었다.

부모님의 죽음이라는 경험 끝에, 나는 두 분과 동일한 인생의 마지막을 겪고 싶지 않다는 생각을 했다. 죽음 앞에서 삶의 허탈함이 밀려왔고, 삶의 의미에 대해 계속해서 생각하게 되었다. 특히 '건강'이 우리 삶에서 얼마나 중요한 영역이었는지 새삼 깨닫게 되었다.

대부분의 사람들은 암이나 희귀병, 불치병으로 인한 죽음에 대해 자신과는 상관없는 남의 일이라고 생각하는 경우가 많다. 뉴스에서 자주 접하는 갑작스러운 교통사고나 화재, 추락사로 인한 죽음에 대해서도 안타깝게 여길 뿐이다. 결국 겪어보지 않으면 절대 모른다는 뻔한 결말을 내릴 수밖에 없다.

인생에서 안 좋은 일은 웬만하면 겪지 않고 피해 가는 것이 좋을 것이다. 그럼에도 한 가지 분명한 것이 있다. 우리 인생에서 죽음은 예고 없이 불시에 찾아오는 불청객과도 같다는 것이다. 피하고 싶다고 피해지는 일이 아니라는 것이다. 어느 누구도 죽음을 예측할 수 없기 때문에 죽을 때는 정해진 순서가 없다. 결론적으로 우리는 죽음을 염두에 두면서 사는 삶을 살 필요가 있다.

내 이른 나이에 두 번의 죽음을 맞이한 이후, 자주 죽음을 생각하며 지내게 되었다. 죽음을 두고, 나는 남편과 이런 이야기를 했다.

"나는 우리가 같은 날짜에 삶의 마지막을 맞이했으면 좋겠어. 둘 중에 한 명이 먼저 떠나버리면 너무 슬프잖아."

"싫어. 나는 하루 더 있다가 하늘나라로 갈래."

"왜?"

"내가 우리 와이프 장례식은 치러주고 가야지."

이런 대화를 서슴없이 하게 된 것도 신기하다. 죽음을 생각하며 나누는 대화 속에 나는 넌지시 유언을 전한다.

"내가 혹시라도 먼저 죽게 되면, 꼭 부탁하고 싶은 것이 있어. 우습게 들릴 수도 있는데, 나는 새소리가 들리고 나무 가득한 자연에서 잠들었으면 좋겠어. 절대 병원은 아니야. 내 장례식장에서 곡소리나 우는 소리를 내지 않았으면 좋겠어. 살아생전 내가 좋아했던 것들이 군데군데 놓여 있어도 좋겠다. 잔잔한 음악을 배경으로, 와인 한잔이나 맥주 한잔 따라 두어도 괜찮아. 제일 희망하는 것은, 내가 찍힌 추억의 인생 사진들을 몇 장 추려서 놓아줘. 결혼식장에는 예쁜 사진들을 진열하는데, 생애 마지막에는 왜 영정사진 한 장만 쓸쓸하게 진열할까 싶네."

두서없고 생뚱맞은 발언이지만, 평소 내가 생각해 두었던 인생 마지막의 장례식 장면이다.

아직도 나의 마지막 순간을 두고 다양한 생각이 든다. 심지어 가끔씩 유서를 쓰기도 한다. 이러한 행동의 이유에는 삶만큼 마지막의 죽음도 소중하고 행복하게 다루어졌으면 하는 바람에서다.

인생의 시작과 과정을 잘 보냈다면 이왕이면 마지막도 의미 있게 잘 마무리하는 것이 좋지 않을까. 마지막의 기억이 매번 어두운 슬픔으로 묻어 있는 것이 싫다. 내가 죽은 이후에도 가장 흐뭇한 마지막의 잔상으로 오랫동안 남아 있으면 좋겠다.

병원에서 아픈 환자들을 보면서 나는 죽음에 대한 생각을 많이 했다. 그때 읽은 책이 엘리자베스 헬란 라슨의 그림책 『나는 죽음이에요』다. 책 앞쪽 저자 소개란에 이 책의 출간 배경이 간략히 언급되어 있다.

아동문학을 전공한 저자는 병원이나 캠프, 극장 등 다양한 곳에서 예술 감독으로 일하며 아이들과 함께 다양한 경험을 쌓아왔다. 그런 경험을 하면서 죽음은 감추는 것이 아닌 자연스럽게 받아들여야 할 삶과 동일한 존재라는 것을 알려주고 싶었다고 한다.

책에서 가장 인상 깊게 읽었던 글귀가 있는데, 바로 삶과 죽음이 하나라는 이야기였다. 삶과 죽음은 이 세상에 존재하는 모든 생명체가 함께할 수밖에 없고, 우리의 삶 속에 늘 가까이 있다는 말이다. 하나의 인생길에 시작이 있으면 연결선상에 끝이 있다는 것을 다시 생각하게 되었다.

삶과 죽음은 별개의 개념이 아닌, 자연스럽게 함께하는 공생관계라 할 수 있다. 죽음은 마냥 회피하고 싶어지는 두려움의 존재가 아니다. 죽음이 두렵게 느껴진다면 삶에 사랑의 감정을 마음껏 쏟으며 사는 것도 좋겠다. 그림책에서도 사랑은 모든 슬픔과 미움을 없애준다고 언급한다.

충만한 사랑은 행복한 마음과 함께 현재의 시간을 알차게 보내게 해준다. 또한 생애 마지막을 후회 없이 만족하는 아름다운 마무리로 완성해줄 수도 있다.

더 이상 나는 죽음이 두렵지 않게 되었다. 언제든지 찾아올 죽음을 가볍게 염두에 두고 살기 시작하니, '지금'이 한없이 소중한 시간이자 제대로 즐기고 싶은 하루가 되었다.

죽음을 맞이하는 순간 영영 보지 못할 아름다운 풍경들을 나는 눈에 자주 담고 있다. 자연이 주는 싱그러운 기운마저 매일이 아까울 정도다. 여전히 쉽진 않지만 의식적으로 내 몸을 살피고 맑은 영혼을 가지려고 노력한다. 나에게 '다음'이라는 단어가 가진 의미는 더 이상 큰 효력을 발휘하지 못하게 되었다.

죽음을 늘 인지하고 마지막을 멋지게 그리며 사는 것도 꽤 멋진 인생 아닌가. 오늘이 내 인생의 마지막 날이라면, 나에게 남아 있는 무한한 사랑을 많은 사람들에게 베풀며 나누다 가고 싶다. 그 어떤 고통 없이 편안하게 웃으며 마지막을 보내고 싶은 것이 나의 절실한 소망이다. 세상에서 가장 평온한 마무리를 꿈꾸며.

희망을 선사하는
꽃들처럼 살고 싶다

5년 전 일이다. 점심을 먹고 은행에 들른 뒤 회사로 돌아가는 중이었다. 전철역을 지나갈 무렵, 어린아이들의 모습을 담은 사진들이 눈에 띄었다. 학교에서 아이들이 급식하는 장면이었다. 어떤 아이들은 학교에서 급식을 편하게 먹고 있는데, 또 다른 아이들은 끼니를 거르고 있는 모습이 상반되어 보였다.

사진들과 함께 쓰여 있는 글귀들을 잠시 읽어 보았다. 상황이 여의치 않은 아이들에게 무료급식을 제공하기 위해 봉사단체에서 개최한 자리였다. 봉사단체에서 나온 사람들은 거리를 지나가는 사람들에게 아이들의 후원을 부탁하고 있었다. 물론 대부분의 사람들은 무관심했다.

가끔씩 나도 비슷한 종류의 사회단체를 마주한 적이 있었다. 그럴 때마다 바쁘다는 이유로 눈도 마주치지 않고 쌩하니 지나가곤 했다. 그러던 내가 이날은 멈춰 서서, 아이들의 사진을 물끄러미 들여다보았다. 생각해보니, 초등학교 때 나는 학교급식이 당연한 것처럼 여기며 살아왔다. 입맛에 맞지 않을 때는 음식을 남긴 적도 많았다.

지금도 생활고에 시달리는 아이들이 밥 한 끼조차 배불리 먹기 힘든 현실 앞에서 나는 만감이 교차했다. 누군가에게 당연한 일이 어떤 이들에게는 너무나도 간절한 일이었던 것이다.

그날 이후 지금까지 소액이지만 매월 3만 원씩 무료급식 봉사단체에 후원하고 있다. 때론 매달 3만 원이 나가는 것이 아까워 후원을 취소할까 망설이기도 했다. 신기하게도 이제는 그런 생각이 선불리 들지 않는다. 나의 작은 사랑이 누군가에게 희망으로 연결된다면 이보다 마음이 뿌듯한 일은 없을 거라고 생각하기 때문이다.

내가 여유가 있어서 베푸는 한순간의 선행이라고 여기기는 힘들다. 주위를 살피고 돌보는 삶의 가치가 얼마나 값지며 아름다운 것인가에 대해 자연스럽게 터득해 가는 중이다. 이른바 선한 영향력을 미칠 수 있는 인생. 이제야 아름다운 마음을 여유롭게 쓰면서 살고 싶다는 생각이 든다.

언제부터인가 선한 영향력에 관한 기사를 자주 접한다. 대부분 유명 연예인이나 기업가들의 기부 소식으로 넘쳐난다.

"나도 돈 있으면 수천만 원, 수억씩 기부하겠다."

누군가는 억 소리가 날 정도의 고액 기부를 놓고 이렇게 이야기할지도 모른다. 이왕이면 여유 있는 자금으로 통 큰 기부를 한다면 사회적 가치도 높게 평가될 수 있다. 액수를 막론하고 선한 영향력에서 가장 중요한 것은, 바로 '선한 관심, 신속한 용기'라고 생각한다. 아무리 돈이 많은 사람들이라도 모두 기부를 하는 것은 아니다. 생활이 여유롭지 못한 사람들 중에도 선한 영향력을 실천하는 사람들은 얼마든지 많다.

주변을 살피는 선한 관심과 언제든지 마음을 전할 수 있는 과감한 용기가 실행될 때 비로소 빛나는 선한 영향력이 발휘된다. 선한 영향력은 단순히 돈을 전달하는 기부의 형태가 아닌 다양한 방식으로 실천될 수 있다.

2020년 12월에 방영된 EBS 프로그램 「다큐 잇it」 가운데 '이런 병원 또 없습니다' 편을 본 적이 있다. 몸이 아파도 부담스러운 병원비 때문에 치료조차 엄두 내기 힘든 것이 요즘 사회의 현실이다. 진료비를 청구할 수 있는 환자를 대상으로 치료하는 일반 병원의 시스템을 거스르는 한 병원이 소개되었다.

일용직 건설 노동자, 길 위에서 농성하는 하청업체 노동자, 출생기록이 없는 미등록 아동, 그리고 독거노인까지 소외된 사회 약자층의 환자들을 적극적으로 돕고 치료하고자 하는 의료진의 모습 자체가 감동이었다. 특히 돈이 없어 치료받지 못하는 노동자가 생기지 않게 하는 것이 병원의 사명이라고 쓴 병원장의 글이 인상적이었다. 이 시대에 선한 영향력을 행사하는 진정한 영웅이 아닐까 싶다.

뿐만 아니라 JTBC의 프로그램 「비긴어게인」에서 가수들의 국내 버스킹 공연은 많은 사람에게 위로와 치유를 선물했다. 그중에서 코로나로 여행자들의 발길이 끊긴 인천공항에서 가수 크러쉬와 하림이 함께 부른 「출국」이라는 노래는 지금까지도 내게 깊은 여운을 안겨주었다. 자발적으로 움직인 선한 마음들이 모여 지치고 힘든 세상에 희망의 울림을 선사한 것이다.

간병 생활 동안 나는 소아암 아이들을 가끔 보았다. 어느 날, 나는 아이의 간병인으로 보이는 한 보호자와 병원 복도에서 마주쳤다. 일면식도 없는 사이지만 나도 모르게 마음이 쓰였다. 한눈에 봐도 아이의 병색이 완연해 보였다. 엄마의 그늘진 얼굴에서 나의 마음이 보이는 것만 같았다.

몸이 아픈데도 아이의 표정만큼은 무척 순수하고 밝아 보였다. 아이의 팔에는 수많은 멍 자국들이 있었다. 아이의 엄마와 아이를 보면서 그들의 힘든 마음을 감히 헤아려보기 시작했다. 누가 더 힘들고 덜 힘든 것이 아닌, 상대방의 상황과 입장에서 잠시 생각에 잠겼다.

어른도 하기 힘든 항암 치료를 어린아이가 어떻게 견뎌왔을까.

아직 큰 병을 얻기엔 너무 어린 나이인데 엄마는 얼마나 억장이 무너졌을까. 나도 모르게 다양한 감정이 치밀어 올랐다. 그 후부터 지금까지 나는 건강하고 행복해 보이는 삶보다 아프고 어두워 보이는 삶에 마음이 가기 시작했다.

지금도 팔로워 하고 있는 몇 분은 암 환우와 가족들이다. 그들의 SNS 공간을 방문하면서 가끔씩 마음의 댓글을 전한다. 누군가의 한마디가 큰 힘이자 희망이 되어줄 수 있다고 여전히 믿기 때문이다. 물론 무조건적인 응원의 댓글은 아니다. 조심스럽게 상황을 이해하고 마음을 헤아리는 문구를 남기기 위해 나는 늘 신중해진다.

때로는 암 카페에 들어가 누군가의 절박한 질문에 내 이전 경험을 바탕으로 답변을 남기기도 한다. 나 역시 한동안 어두운 터널 속에 갇혀 있었을 때, 얼굴도 모르는 사람들의 짧은 댓글 한마디로 삶의 희망 끈을 다시 잡기도 했다.

몸과 마음이 아픈 사람들이 용기 내어 SNS를 하는 이유에는 여러 가지가 있다. 그중, 현재의 상태를 받아들이고 스스로 마음을 다잡고 싶은 욕구가 있을 것이다. 다른 하나는 끝없이 외로운 싸움에서 타인의 따뜻한 관심과 응원을 받고 싶은 숨겨진 마음이 있어서일지도 모른다. 이제는 이러한 나의 추측들을 믿으며 여전히 그림자가 드리워진 공간에 희망의 표시를 남겨본다.

우리 삶에 고통의 끝이 있으면 반드시 희망의 시작도 있다. 계속되는 나락의 인생은 존재하지 않는다. 죽을 것처럼 아픈 몸도 언제 그랬냐는 듯이 꽤 괜찮아진 상태로 회복된다. 알 수 없이 처진 기분으로 우울한 하루를 보내도, 책 속의 한 줄 글귀로 마음이 풀리고 내일의 희망이 보일 수 있다. 마음만큼 일에 대한 성과가 나지 않아 자존감이 떨어질 때쯤, 생각지도 못한 격려와 칭찬 한마디로 자신감을 되찾을 수 있다.

아직도 나는 어떻게 사는 것이 올바르고 잘 사는 삶인가에 대해 명확하게 알지 못한다. 예측할 수 없는 현실의 시련 앞에서 수도 없이 좌절하고 또 일으키며 살아가고 있을 뿐이다. 스스로 괜찮다고 생각하며 이러한 마음을 자주 갖는 것이 진짜 괜찮은 삶을 만들어 갈 수 있다고 생각한다.

작가 트리나 폴러스의 『꽃들에게 희망을』을 읽을 때마다 나는 삶에 희망을 품고 산다는 것이 얼마나 중요한지 새삼 깨닫는다. 주인공인 노랑 애벌레가 고치를 만드는 험난한 모험을 통해 결국 나비가 될 수 있었던 것은, 자유롭고 아름다운 나비의 삶을 살 수 있다는 희망을 포기하지 않았기 때문이다.

추운 겨울을 견디고 피어난 화사한 봄꽃들을 보며 나는 매해 새로운 희망을 걸어본다. 삶에 희망을 가질 때 비로소 꿈꾸던 삶으로 변화할 수 있다.

내가 실천하고 싶은 올해의 선한 영향력이 하나 생겼다. 지금 전하고 있는 나의 글을 많은 사람과 공유하고 함께하는 것이다. 진솔하게 담아본 내 글이, 지금도 힘들어하고 있을 많은 사람의 아픈 마음에 노란색 희망의 꽃으로 피어났으면 좋겠다.

많이 아파보고 넘어져 본 내가 인생 처음으로 글을 쓰며 희망을 품게 된 것처럼, 당신도 삶에 대한 희망의 꽃을 놓치지 않고 늘 간직했으면 좋겠다.

세상의 끝에서 빛나는 길

"반짝이고 은은한 것을 보면 참 좋아한단 말이야."

평소 남편이 나를 보며 자주 하던 말이다. 작은 초가 타올라 어두운 공간을 밝힐 때, 오렌지색 조명이 드리워진 카페에서 안락함을 느낄 때, 그리고 바다에 햇빛이 반사되어 반짝이는 물결까지 일상에 빛이 들어오는 순간마다 나는 감동한다. 그야말로 빛에 홀린 듯 얼굴이 환해진다. 빛의 눈부심이 지나가면 마치 새로운 세상이 펼쳐질 것 같다. 빛은 나에게 희망이자 아직 빛나는 인생이 남았다고 알려주는 살아 있는 신호다.

햇빛을 받으며 즐거운 인생이 곧 펼쳐질 것만 같이 느껴지는 나의 인생 영화가 있다. 바로 「라라랜드」(2016)다. 이미 유명해진 영화의 오프닝 명장면을 볼 때마다 심장이 두근거린다.

먼저 LA 고속도로에 꽉 막힌 차량들이 눈에 들어온다. 그 틈 사이로 사람들이 나와 노래를 부르고 춤을 추기 시작한다. 정체된 상황에서 짜증도 날 법한데, 오히려 웃음이 가득한 사람들의 모습이다. 특히 「Another day of sun」이라는 노래가 어우러져 행복한 분위기가 절정을 향해 간다.

And chasing all the lights that shine
반짝이는 빛을 따라가고
And when they let you down
낙담하게 되더라도
You'll get up off the ground
당신은 다시 일어나게 될 거야.
Cause morning rolls around
아침은 다시 오고
And it's another day of sun
새로운 태양이 떠오를 테니까.

신나는 음악이 매력적이기도 하지만, 가사를 자세히 보면 어떤 고된 상황도 이겨낼 수 있는 행운의 빛을 만날 것만 같다.

묵묵히 내 인생을 살고 있었을 뿐인데, 갑작스럽게 닥친 풍파로 나는 무너졌다. 세상이 끝났다고 생각했다. 아무리 정신을 차리고 마음을 가다듬어도 내가 한 번에 이길 수 없었던 시간들이었다. 사람의 생과 죽음을 간접적으로 경험하면서 그동안 인지하지 못했던 삶의 내면을 들여다볼 수 있었다.

험난한 일상에서 가장 힘들었던 것은 매일 무너지는 나를 발견할 때였다. 병상과 함께하는 삶이 과연 감사하게 느끼고 괜찮다고 여겨야 할 삶인가. 하루에도 나는 수도 없이 삶에 대한 질문으로 머리가 복잡했다. 아픈 엄마와 우리 가족은 평범한 일상을 간절하게 원했다. 매일 반복되는 '별일 없는 일상'은 내가 가장 꿈꾸는 희망 사항이 되었다.

엄마와 병실에 있을 때의 일이다. 갑자기 가슴이 조여 오더니 꾹꾹 쌓아온 마음을 털어 버리고 싶다는 생각이 들었다. 누워 있는 엄마 옆에서 나는 핸드폰 글자판을 힘겹게 누르며 한 유튜브 채널로 이메일을 보냈다. 그 채널은 문지애 아나운서가 운영하고 있는 「애TV」였다. 그림책에 관심을 갖게 되면서 그림책을 소개해주고 삶의 따뜻한 이야기를 선사해주는 「애TV」를 자주 보게 되었다. 그러던 어느 날 채널 속 작은 코너로 '파란 밤 문지애입니다'라는 라디오 공간에서 사연을 받는다는 사실을 알게 되었다.

처음에는 아무 생각 없이 마음이 시키는 대로 메일에 사연을 썼다. 망설임 없이 나는 보내기 버튼을 눌렀다. 그 후 엄마는 퇴원을 했고 나는 집에 돌아왔다. 밤에 잠들기 전, 나는 「애TV」를 보기 위해 유튜브를 켰다. 침대에 누워 조용히 보고 있는데 갑자기 내 눈과

귀를 의심했다. 사연으로 보냈던 나의 당시 닉네임이었던 '큐큐(QQ)'라는 호칭이 문지애 아나운서의 따뜻한 목소리를 타고 흘렀다. 그러더니 나의 사연이 본격적으로 소개되기 시작했다. '파란 밤 문지애입니다. 네 번째 밤' 사연의 주인공이 되어 내 이야기가 생중계되고 있었다.

내가 쓴 글이 누군가의 목소리를 통해 읽히고 있다는 사실이 무척 감격스러웠다. 당시 내가 보낸 주요 사연은 나의 간병 생활과 함께 깨닫게 된 '별일 없는 삶에 대한 소중함'이었다. 먹먹한 감정을 털어놓을 데가 없어서 사연으로 보냈을 뿐인데 생각지도 못한 위로를 받았다. 게다가 마음 처방을 위한 맞춤 그림책을 추천받기도 했다.

코너가 끝난 뒤에도 흥분된 감정 때문에 나는 쉽게 잠들지 못했다. 유튜브 채널의 댓글 창에 다른 사람들의 응원 글이 눈에 들어왔다. 순간 울컥했다. 사연을 보낼 때는, 코로나로 잃어버린 평범한 날들에 대해 그리움을 갖는 사람들이 많아질 무렵이었다. 때마침 내가 전한 사적인 깨달음의 사연이 한몫 더해져 채널을 듣는 많은 사람에게 공감이 된 것 같았다. 그날 밤 나는 여느 때처럼 평범한 삶을 그리며 새벽 늦게 잠들었다.

이제 눈을 떠보니 모든 것이 한꺼번에 쓸려나간 파도처럼 과거가 되어 있다. 여전히 나는 과거에 머물러 있는 듯 착각에 빠질 때가 있다.

매주 토요일에 병원을 가야 하니 반찬과 과일을 챙기고 또 짐을 챙겨야 할 것 같았다. 소화가 되지 않은 엄마의 등을 쓰다듬어 줘야 할 것 같았다. 암 카페를 수도 없이 들락날락하며 병원에서 자세히 듣지 못하는 정보를 찾고 두려운 마음을 의지해야 할 것 같았다.

시간은 벌써 흘러 계절이 순식간에 변해 가고 있다. 나는 예전과 완전히 달라진 잔잔한 일상을 보내고 있다.

간병을 하면서 나는 환자만큼 극심한 마음 투병을 했다. 마음이 온전하지 못했기 때문에 매일 눈뜨는 것이 두려웠다. 그럼에도 나는 참 많은 것들을 느끼고 때로는 배운 시간들을 보냈다. 그러한 시간 속에, 나의 가장 큰 깨달음이 있다. 위태로운 상황보다 계속해서 무너지는 감정들이 내 삶을 제일 위협할 수 있다는 사실이다. 이러한 위험에서, 고통스러운 환경에서 급히 벗어나기보다 나를 구하는 것이 우선순위였다. 어떻게든 나를 살려야 정상적인 생활을 할 수 있을 것 같았다.

세상이 끝난 것처럼 비참하고 억울한 마음이 여전했다. 그렇지만 내 인생은 어떻게든 붙잡고 싶었다. 현실을 받아들이고 상처받은 마음을 회복하기 위해 내 나름대로 치유를 찾아 나섰다. 당시 '치유'라는 개념도 명확하게 인지하지 못한 채, 마음이 안정되고 싶다는 간절함뿐이었다.

그림책으로 위로받고, 그림으로 눌려 있는 속마음을 풀고, 음악을 마음으로 들으며, 그리고 정처 없이 걸었다. 가끔씩 극단의 슬픔이 찾아와도 웃음으로 털어 버리고, 어두운 마음을 지우기 위해 나를 새롭게 단장하기도 했다.

여전히 얼마 되지 않은 시간이었지만, 외로움을 견디면서 나를 돌보고 가족을 살피며 인생을 되돌아보았다. 그런 시간이 지난 지금까지도 나는 치유의 시간을 보내고 있다. 아무리 환경이 안정되었다 하더라도 마음이 완전히 괜찮아진 것은 아니기 때문이다.

완벽한 건강과 마음가짐 그리고 만족스러운 하루는 더 이상 생기지 않을 것이다. 늘 부족함이 느껴지고 성에 안 차며 모호한 걱정으로 가득 찬 날들이 여전히 반복될 것이다. 아무리 마음을 비운다 해도 다시 채우고 싶어 하는 것이 근원적인 인간의 본성이기 때문이다.

이러한 이유로 예전처럼 지나치게 질주하는 삶을 나는 분명히 절제할 것이다. 어두운 감정 덩어리가 더 커지기 전에 끊임없이 마음을 연습할 것이다. 감정을 다스리는 법을 알아가는 것만큼, 요동치는 인생을 다스리는 지혜도 풍부해질 것이라 믿는다. 편안하게 숨쉬며 오롯이 '나'를 중심에 두고 정신이 평온한 삶을 살고 싶다. 내가 온전해야 하루가 무탈하게 돌아가며 전반적인 인생에도 평화가 찾아올 테니까.

내 인생에서 시련은 여전히 남아 있고 불현듯 다시 찾아올지도 모른다. 삶의 무너짐에 지나치게 슬퍼하거나 아파하지 않기로 한다.

두려움과 불안함 대신 담담함과 단단함으로 고통의 장애물을 넘고 새로운 빛에 골인하기 위해 나아갈 것이다. 아무리 나를 흔들어대는 시련이 다가와도 나는 다시 잔잔하게 머무를 것이다.

지금까지 내가 꺼낸 이야기들은 단지 슬프고 고통스러운 일상만 가득했던 특별하고 특수한 삶의 이야기가 아니다. 어떤 누구도 겪을 수 있는 우리 인생의 이야기다. 아픈 현실만큼 병들어간 나의 마음을 한 사람이라도 공감해준다면 참으로 감사한 일일 것이다.

인생이 고달프고 힘들게 느껴지는 사람이 있다면, 모든 것을 잠시 내려놓고 본인만의 마음 치유를 발견해 나갔으면 좋겠다. 치유의 시간을 가진 만큼 내면이 훌쩍 성장하고 삶이 어느덧 순탄하게 느껴진다.

우리가 끝내지 않는 이상 세상은 끝나지 않는다. 살아 있는 동안 많은 사람들이 '삶'을 더욱 아끼고 사랑하며 살아갔으면 좋겠다. 세상 끝이 아닌 세상 속에서 빛나는 인생을 언제든지 만나고 충분히 행복해질 수 있다.

나의 인생 2막도 이제부터 시작이다. 그리고 다짐해본다.

'무너져도 슬퍼하지 마. 잔잔한 평온의 빛이 다시 차오를 테니.'

글을 마무리한 뒤, 한동안 방치했던 네일을 관리받기 위해 집 근처에 있는 숍을 찾았다. 바로 그때, 다른 손님이 들어오더니 내 옆자리에 앉아 관리를 받기 시작했다. 손님은 단골인 듯 네일 숍 원장과 친근하게 대화를 했다.

"오랜만에 오셨는데 살이 좀 빠지신 것 같네요?"

"감기에 걸려서 고생 좀 했죠, 뭐. 나이 드니까 건강이 진짜 제일인 것 같아요. 아무것도 못 하고 며칠 드러눕기만 했다니까."

"맞아요. 저는 건강검진을 최근 했는데 위내시경 검사 때 뭐가 보인다고 재검진 받으라고 했어요."

"건강검진 받을 때마다 무서워 죽겠다니까요. 다른 건 모르겠는데 암만 안 걸리면 되지, 뭐."

"맞아요, 요새 다섯 명에 두 명이 암이라면서요? 진짜 암만 아니면 되죠, 뭐."

그들의 대화를 엿듣고 있는데, 나도 모르게 씁쓸한 기분이 들었다. 암은 분명 쉽지 않은 병이지만 마치 죽을병처럼 여겨지는 공포 서린 인식은 여전한가 보다. 물론 암이라고 해서 모두 슬픈 운명으로 직결되는 것은 아니다. 분명 완치되는 사람들도 있고 여전히 장기 생존으로 새로운 삶을 살아가는 사람들도 많다. 그중에서 가장 안타까운 것은 같은 병을 얻고 최선을 다했음에도 어떤 이들은 극심한 고통에 몸부림치다 일찍이 생을 마감한다는 사실이다.

암 투병한 부모님과 두 번의 이별을 겪으면서, 나는 생전 처음 진중하게 인생을 생각해보게 되었다. 건강하고 행복한 삶은 과연 무엇일까? 그동안 나는 나 자신의 성장과 성공에 대한 갈증으로 정신없이 바쁘게 달려오기만 했다. 인생의 잣대가 뒤가 아니라 앞이었고, 아래가 아니라 위였을 뿐이다. 늘 현재는 없었다. 앞으로 나아갈수록 인생의 행복지수도 높아진다고 생각했다.

그러나 소중한 존재가 떠난 상실의 아픔을 겪고 난 뒤 나는 인생 앞줄에 서서 무엇을 얻고 채우는 것보다, 지금 존재하는 것들을 놓치고 싶지 않아졌다. 예전에는 현재의 상태에 자주 부족함을 느끼고 만족하지 못한 삶을 살아왔다면, 이제는 내 곁에 존재하는 모든 것들이 얼마나 소중한지 먼저 느끼기 시작했다. 주변이 보이기 시작하고 마음의 이해 그릇이 넓어졌다고나 할까. 사람의 기질은 쉽게 바뀌지 않겠지만, 적어도 세상을 어떻게 살아야 하고 어떻게 바라봐야 할지에 대한 마음가짐에 큰 변화가 온 듯싶다. 상실의 시련은 분명 나를 성숙하게 만들어주었다.

우리는 핑크빛 미래를 꿈꾸지만, 인생에는 늘 희로애락이 존재한다. 꿈을 좇는 삶을 살다가도 건강이 허락되지 않고 혹독한 시련이 반복되어 오래 머물게 되면, 결코 원하는 삶을 쉽게 살 수 없다는 사실을 나는 깨달았다. 인생에 너무 큰 기대도, 큰 실망도 하지 않고 삶의 만족점을 찾아 심신의 건강을 추구하며 평온하게 살고 싶다는 생각이 절실하게 든다.

이 책을 읽고 있는 많은 분이, 가까이에 있는 가족들을 가장 먼저 살피며 함께하는 시간을 자주 갖기를 바란다. 또 자신을 재촉하지 않고 마음의 여유를 가지면서 살아갔으면 좋겠다. 어느 날 갑자기 견디기 힘든 인생 시련이 다가온다 해도, 불운으로 탓하지 말고 끊임없는 마음 치유를 통해 더욱 건강하고 성숙해졌으면 좋겠다. 시련은 회피해야 할 존재가 아니라, 부딪힐수록 인생에 빛이 되는 기회다. 그러니 너무 억울해하지 않았으면 좋겠다.

어느 날 갑자기
요동치는 파도가 덮쳐 와도,
나는 오랫동안 슬픔에 잠기지 않을 것이다.

파도가 지나간 뒤에
반드시 잔잔한 물결이

평온한 삶을 되찾아줄 것이라 믿는다.

미리 두려워하지 않고,
끊임없이 나를 돌보며
지금의 삶을 사랑할 것이다.
후회하지 않게.